AF746248

www.ingramcontent.com/pod-product-compliance
Lightning Source LLC
LaVergne TN
LVHW050757051026
849532LV00008B/2886
9789369085378

پنجرے کا پنچھی

(افسانے)

نریش کمار شاد

Pinjrey ka Panchhi *(Short Stories)*

by: Naresh Kumar Shad

Edition: October '2025

Publisher :

Taemeer Publications LLC (Michigan, USA / Hyderabad, India)

ISBN 978-93-6908-537-8

کتاب	:	**پنجرے کا پنچھی** (افسانے)
مصنف	:	**نریش کمار شاد**
صنف	:	فکشن
ناشر	:	تعمیر پبلی کیشنز (حیدرآباد، انڈیا)
سالِ اشاعت	:	۲۰۲۵ء
صفحات	:	۸۲
سرورق ڈیزائن	:	تعمیر ویب ڈیزائن

فہرست

(۱)	کروٹ	6
(۲)	پہیلی	13
(۳)	جھوٹ	35
(۴)	پندرہ روپے کے لئے	55
(۵)	پنجرے کا پنچھی	64

کروٹ

توشی کے جاتے ہی پال کے دماغ میں جیسے نفرت کا غبار پھوٹ پڑا چہرے پر ایک کڑی اور بوجھل سنجیدگی رینگنے لگی۔ سچی بات تو یہ تھی کہ پال کو توشی پر بہت غصہ آرہا تھا۔ چھپکلی سی دبلی پتلی چھوکری کتنی بے شرم اور بے باک ہوتی جا رہی ہے۔ پہلے تو کچھ جھجک تھی... مگر اب تو وہ بھی نہیں۔ دن کو دفتر کی فائلوں سے چھٹکارا پاکر میں گھر میں داخل ہونے بھی نہیں پاتا کہ یہ کمر لچکاتی کولھے مٹکاتی جھٹ آدھمکتی ہے بلاوجہ سہارا لینے کے بہانے اپنا سارا بوجھ مجھ پر ڈال دیتی ہے۔ اور پھر بات بات پر مسکراتی ہے ہنستی ہے بچوں کی طرح قہقہے لگاتی ہے۔ بے حیا اتنا بھی نہیں سوچتی کہ اب میری شادی ہو چکی ہے ـــــ رانی ـــــ اس کے سامنے بیٹھی ہوئی دل میں کیا سوچتی ہوگی۔ لیکن رانی ـــــ وہ بھی تو کچھ نہیں کہتی اسے کسی بات کا احساس ہی نہیں ہوتا۔ بالکل بے حس ہو کر بیٹھی رہتی ہے۔ توشی کی ہر بات میں خواہ مخواہ دلچسپی

ہنستی ہے۔ اسے ہنستا دیکھ کر خود بھی ہنسنے لگتی ہے۔ خواہ وہ ہنسی بے مقصد ہی کیوں نہ ہو۔ نہ جانے رانی کیوں نہیں سوچتی کہ توشی کو میرے ساتھ اس طرح بے تکلف ہو کر بیٹھنے کا حق کیا ہے۔ وہ بات بات پر کیوں ہنستی ہے لیکن رانی کے نزدیک تو شاید یہ سب باتیں بے مطلب ہیں ان کا کوئی مقصد ہی نہیں۔

توشی کی بجائے پال کو اب رانی پر غصہ آنے لگا۔

"رانی" پال نے اپنے لہجہ میں تمکنت اور تحکم پیدا کرتے ہوئے کہا۔

رانی نے اپنی بڑی بڑی آنکھوں کی گھنی پلکیں اوپر اٹھائیں اور "جی" کہہ کر جھکا لیں۔ اس کے چہرے کی نکھری ہوئی معصومیت گلاب کے پھول کی طرح کھلی ہوئی تھی۔ "دیکھو رانی" پال نے پھر اسی تمکنت اور تحکم سے کہا

رانی کی گوری اور لمبی لمبی انگلیاں بدستور سلائیوں میں الجھی رہیں۔ چند لمحوں تک وہ چپ چاپ اپنے کام میں مشغول رہی اور پھر ایک دم اس کے چہرے پر مسکراہٹ سی جھلملا اٹھی۔

اسے مسکراتا دیکھ کر پال جیسے بھول گیا کہ وہ کیا کہنے والا تھا ایک لمحہ کے لئے وہ گھبرا سا گیا اس کی سمجھ میں نہ آیا کہ رانی کیوں مسکرا رہی ہے شاید وہ اس کی کمزوری بھانپ گئی تھی۔

تھوڑی دیر پال اس طرف دیکھتا رہا پھر اپنی جگہ سے اٹھ کر اس کے قریب آ بیٹھا رانی کے ہاتھ سے سلائیاں لیکر ایک طرف رکھ دیں اور رانی مسکراتی ہوئی آڑی ترچھی نظروں سے پال کو دیکھ کر اس کی گود میں سر رکھ کر لیٹ گئی۔ پال نے جھک کر اسکی چکنی اور ملائم پیشانی چوم لی۔ اور اسے ایسا محسوس ہونے لگا۔ جیسے اس کے سلگتے تپتے ہوئے ذہن میں کسی

نے پھوار ڈال دی ہو۔ پال کتنی ہی دیر تک سوچتا رہا کہ رانی کتنی بھولی بھالی اور معصوم ہے۔ زمانے کے نشیب و فراز کی اسے کوئی خبر نہیں۔ حالانکہ اس دنیا میں قدم قدم پر احتیاط کی ضرورت ہے۔ یہ بھولپن اور معصومیت زندگی اور زندگی کی مسرتوں کی دشمن ہے یہاں آکر پال کے خیالات کی ڈور جیسے ٹوٹ گئی اور ایک دم چونک کر اس نے رانی کی آنکھوں میں آنکھیں ڈال کر گھبرائی ہوئی آواز میں کہا "رانی! جانتی ہو تو شی یہاں کیوں آئی ہے؟"

"اوں ـــــ ہوں" رانی نے اس کی گود سے اُٹھتے ہوئے انکار میں سر ہلا دیا۔ اب پال اسے کیا بتائے کہ توشی یہاں کیوں آتی ہے آنے کو تو وہ پہلے بھی یہاں آتی تھی۔ شادی سے پہلے وہ کچھ دنوں کے لئے پال کی دلچسپیوں کا مرکز تھی۔ دونوں چوری چوری ملا کرتے تھے۔ گلی محلے والوں کی نظروں سے بچ بچ کر وہ پال کے پاس آیا کرتی تھی اور پال بھی مختلف بہانے تراش کر اس کے گھر جاتا رہا تھا۔ لیکن یہ باتیں چند مہینے پہلے کی تھیں جب پال کی شادی نہیں ہوئی تھی۔ لیکن اب وہ کیوں آتی ہے گلی محلے والے اب اس کی نگرانی کیوں نہیں کرتے۔ اب وہ سب کے سامنے آتی ہے۔ پہلے کی طرح ذرا بھی نہیں جھجکتی کوئی اسے مشتبہ نظروں سے نہیں دیکھتا۔ کیوں۔ آخر کیوں؟

جیسے اب پال کے گھر میں کھلے بندوں آنا معمولی بات ہے شاید اس کے ماں باپ سمجھتے ہیں کہ وہ پال کے پاس نہیں رانی کے پاس جاتی ہے۔

پال نے پھر رانی کی طرف دیکھا اس کا چہرہ سوالیہ نشان بنا ہوا تھا وہ الجھن میں پڑ گیا۔ آخر وہ رانی کو کیا بتائے۔ اس نے رانی سے ایسا سوال ہی کیوں کیا۔

"رانی اصل میں بات یہ ہے کہ میں خود نہیں جانتا کہ وہ کیوں آتی ہے ہو سکتا

ہے وہ تمہارے پاس یوں ہی دِل بہلانے آتی ہو۔"

یہ کہہ کر پال پھر اس کے چہرے کے بکھرے بکھرے خطوط کو گھورنے لگا۔

"یہ کونسی بڑی بات ہے پڑوسی ایک دوسرے کے پاس آ کر نہ بیٹھیں تو کہاں جائیں۔"

پال نے جس ڈھب سے بات کہی تھی وہ اس کی تہ تک نہ پہنچ سکی تھی پال پھر سوچنے لگا کہ رانی شادی سے پہلے بھی ایک لڑکی تھی اور شادی ہو جانے کے بعد بھی وہ ایک لڑکی ہی رہی۔ اور وہ بے حیا توشی اس کی نسبت کتنی چالاک ہے۔ توشی کا خیال آتے ہی پال کو پھر غصہ آ گیا۔ کم بخت اب میرے پاس کیوں آتی ہے اب خالی پر ہو چکی ہے۔ اب اس گھر میں کیا کام ہے اُس کا اور رانی بھی کتنی سادہ ہے۔ کچھ سمجھتی ہی نہیں وہ دوپٹہ شانوں پر ڈالے ننگے سر سینہ ابھارے چلی آتی ہے آنکھوں میں آنکھیں ڈال کر ہنسی ٹھٹھول کرتی ہے۔ بات بات پر شانہ بھڑاتی ہے جیسے وہ میری بیوی ہو اور یہ رانی محض ایک مہمان کی حیثیت سے اس گھر میں رہ رہی ہو۔

"رانی! چند مہینوں کے بعد تم ایک بچے کی ماں بننے والی ہو۔۔" پال نے بڑی سنجیدگی سے کہا اور رانی کی طرف دیکھنے لگا۔

شرم کی ہلکی ہلکی دھاریاں رانی کی کالی کالی آنکھوں میں اُچھلنے ناچنے لگیں اور اس نے اپنا سر جھکا لیا۔ جیسے کچھ سمجھتی ہی نہیں۔ پال پھر جھلا گیا یہ ابھی تک اپنے آپ کو لڑکی کیوں خیال کرتی ہے۔ عورت کیوں نہیں سمجھتی، میں تو توشی کو گھر آنے سے نہیں روک سکتا۔ چند مہینے پہلے اسے خوش آمدید کہتا رہا ہوں۔ اب کس منہ سے کہوں کہ وہ یہاں نہ آیا کرے مگر رانی چاہے تو ایسا کر سکتی ہے۔ لیکن رانی؟

وہ ابھی تک ماں والی بات سے شرم محسوس کر رہی تھی۔

"پگلی" پال نے زیر لب مسکراتے ہوئے کہا۔

اس نے اپنا سر اور بھی جھکا لیا جیسے ماں بننا بہت شرم کی بات ہو۔ اور اپنے دل میں سوچ رہی ہو کہ اب تو وہ ایک لڑکی ہے۔ جب ماں بنے گی تو دیکھا جائے گا۔ کچھ دیر تک وہ سر جھکائے بیٹھی رہی۔ پھر سلائیاں اٹھائیں اور پہلے کی طرح کچھ بننے میں مصروف ہو گئی۔ چند لمحے یوں ہی گزر گئے پھر اس نے پال کی طرف دیکھا وہ صوفے کی پشت پر اپنا سارا بوجھ ڈالے ایک طویل انگڑائی لے رہا تھا ایک نظر اسے دیکھ کر وہ پھر سلائیوں پر جھک گئی ایک لمحہ بعد پھر اس نے دیکھا۔ پال کو ایسا محسوس ہوا جیسے وہ کچھ کہنا چاہتی ہے۔

"کیا بات ہے رانی؟" پال نے پوچھا۔

"کل ہمیں سینما لے چلئے گا نا؟"

"ضرور توشی بھی ساتھ چلے گی۔" پال نے توشی کے لفظ پر خاص زور دیتے ہوئے کہا

کہنے کو تو رانی نے ہاں کر دی۔ لیکن پال کو ایسا محسوس ہوا جیسے اس کا جی نہیں چاہتا کہ توشی بھی ساتھ چلے

اگلے دن جب وہ دفتر سے نکل کر بائیسکل پر سوار ہو کر گھر پہنچا تو رانی اور توشی جانے کیلئے تیار بیٹھی تھیں۔ اس نے دونوں پر اچٹتی سی نظر ڈالی۔ دونوں نے بناؤ سنگار میں پوری محنت صرف کی تھی اس نے ایک ہی نظر میں دونوں کی طرف دیکھا اور انہیں دیکھتے ہی ایک شریر خیال نے اس کے دماغ میں سر ابھارا وہ توشی کے بالمقابل کرسی پر بیٹھتے ہوئے کہنے لگا...

"توشی آج تم نیلے سمندر کی جل پری معلوم ہوتی ہو۔" اور یہ کہہ کر اس نے توشی کے چہرے پر اپنی نظریں گاڑ دیں۔ وہ ہولے سے مسکرا دی۔ پھر پال نے اس کے آویزوں

چھوتے ہوئے کہا۔

" یہ جھلملاتے ہوئے آویزے کتنے خوبصورت ہیں ۔"

" شکریہ " توشی نے اپنی آواز میں شہد گھولتے ہوئے کہا۔ پال نے چور نظروں سے جب رانی کی طرف دیکھا تو اس کے خوبصورت اور بے داغ چہرے پر غصے اور نفرت کی پرچھائیاں چھا رہی تھیں۔

" یہ ہلکی پھلکی چوڑیاں تمہیں بہت بھلی معلوم ہوتی ہیں ۔" پال نے اس کی کلائی کو اپنے ہاتھ میں لیتے ہوئے کہا۔ توشی نے اپنی نگاہیں نیچی کر لیں۔ اور رانی قریب سے اٹھ کر دور کونے میں جا بیٹھی۔

" رانی! کیا بات ہے۔ آؤ سینما چلیں ۔ وقت ہو رہا ہے۔ پال نے اپنی آواز میں گھبراہٹ پیدا کرتے ہوئے کہا۔

" میں نہیں جاؤں گی۔"

" کیوں ! "

" میری طبیعت ٹھیک نہیں ۔ "

" ابھی تو تم اچھی بھلی تھیں ۔"

" بس کہہ جو دیا میں نہیں جاؤں گی ۔ آپ دونوں چلے جائیں ۔" رانی کا غصہ آنسوؤں کی شکل میں اس کی گھنی پلکوں پر نمودار ہو گیا تھا

" اچھا توشی ! اگر رانی نہیں جاتی تو ہم بھی نہیں جاتے ۔" یہ کہہ کر وہ صوفے پر لیٹ گیا۔ تھوڑی دیر بعد مجبوراً توشی کو اپنے گھر جانا پڑا۔ پال نے اٹھ کر دروازہ بند کر لیا۔ اور اطمینان کی ایک طویل سانس لیتے ہوئے پھر صوفے پر بیٹھ گیا۔

لیکن ابھی تک رانی کی سسکیوں کی آواز سنائی دے رہی تھی اور سپال صوفے پر بیٹھے بیٹھے دل ہی دل میں مسکرا رہا تھا۔ کیونکہ رانی کے اندر سوئی عورت آج جاگ پڑی تھی وہ پہلی بار اسے عورت کے روپ میں دیکھ رہا تھا۔

پہیلی

کپور اور ٹھاکر کل صبح سیر و سیاحت کی غرض سے ایک سال کیلئے یورپ جا رہے تھے۔ اور میں نے آج کی رات کے لیے انہیں گرینڈز میں مدعو کر لیا تھا

ہم تینوں سرِ شام ہی گرینڈز میں اکٹھے ہو گئے تھے۔ سب سے پہلے بیئر کا دور چلا اور بیئر پیتے ہوئے زیادہ تر باتیں یورپ کے ان مقامات کے بارے میں ہوتی رہیں جن سے ہم میں سے کوئی بھی واقف نہیں تھا۔

اس کے بعد وسکی کی باری آئی۔ تیسرے پیگ تک توجہ یہ رہی۔ ٹھاکر تو یوں بھی بلا نوش، دریا نوش، تھا اور اتنی پی کر بھی اس کی سنجیدگی اور توازن میں کوئی فرق نہیں آیا تھا۔ کپور خود چوتھا پیگ پیتے ہوئے قدرے بہک چکا تھا۔

آج ڈانسنگ گرل نے پھر مسکراتی طنزیہ نظروں سے کپور کی طرف دیکھا۔ اور وہ آپے سے باہر ہوتا ہوا چلّانے لگا ———— کیا دیکھتی ہے میری جان!

—— میں جانتا ہوں تیری ان میٹھی اور طنز بھری نظروں کی قیمت صرف تیس روپے فی رات ہے۔"

"تیس روپے فی رات ——" اور پھر کپور نے متعدد بار سنایا ہوا اپنا قصہ دہرانا شروع کر دیا۔

تیس روپے فی رات سے بات چلتی چلتی عورت کی مظلومی تک جا پہنچی۔

"ہندوستانی عورت —— یعنی مشرقی عورت ——— بے حد مظلوم ہے —— صدیوں سے اس کے جذبوں کا نیلام ہو رہا ہے ——— اس کے پیار کو سونے اور چاندی کے سکوں میں تولا جا رہا ہے ——— اس کے آنسوؤں سے مسرت اور مستی کی شراب کشید کی جاتی رہی ہے ——— اس کا انگ انگ گھائل ہو چکا ہے ——— اس کی روح میں پوری کائنات کا درد سمٹ آیا ہے۔"

کپور موڈ میں آ کر سہراب مودی کی طرح بڑے تھیٹریکل مکالمے دہرا رہا تھا کچھ لمحوں کے بعد کھا کر نے بھی ایک جملہ کسا۔

"لیکن اس کے باوجود عورت کے دل کا پیار مفت ملتا ہے یا کسی قیمت پر نہیں ملتا ——"

اس کے دل کے پیار کو کون پوچھتا ہے ——— آپ کے اس سماج میں اس کی اپنی شخصیت ہی کیا ہے ——— آپ نے اس کی خود داری اور اس کے کردار کو بالکل مفلوج کر کے رکھ دیا ہے۔"

کپور آج ضرورت سے زیادہ تیز تھا۔

میں نے بیرے کو پکارا ——— لیکن دوسرے ہی لمحہ مجھے احساس ہوا کہ میں

نے خواہ مخواہ اتنی بلند آواز سے اسے پکارا ۔ وہ ہمارے پیچھے کھڑا نہایت توجہ سے ہماری باتیں سُن رہا تھا۔

"تین چھوٹے سولن ـــــ اور کھانے کے لئے کیا ہے ۔ "

اور بیرے نے رٹتے ہوئے طوطے کی طرح پُوری فہرست دہرا دی ۔

" صرف شامی کباب کی ایک پلیٹ ۔ "

" بہت اچھا صاحب ـــ ! "

بیرا تین چھوٹے پیگ اور کباب کی ایک پلیٹ ہماری ٹیبل پر رکھ کر پھر ایک طرف کھڑا ہو کر کپور کی باتوں کی طرف متوجہ ہو گیا ۔

میں نے نہایت غیر دلچسپی سے بیرے کی طرف ایک سرسری نظر سے دیکھا۔ ادھیڑ عمر کا ہونے کے باوجود اس کا جسم سڈول اور مضبوط دکھائی دیتا تھا ۔ چہرہ کِھرا ہُوا تھا۔ اور آنکھوں میں ذہانت اور فراست کی چمک کا احساس ہوتا تھا ۔

اور کپور بولتے بولتے ایک دم رُک گیا۔ ٹھاکر نے مجھے اشارے سے بتایا کہ اب اس کی کیفیت دگرگوں ہے

" مسٹر کپور اب ہمیں چلنا چاہیئے ـــ " ٹھاکر نے اتنی پینے کے باوجود بڑے صاف اور شستہ لہجے میں کپور کو مشورہ دیا ۔

" ہاں چلنے میں کوئی حرج نہیں ہے ۔ " کپور نے اپنی لڑکھڑاتی ہوئی مگر زور دار آواز میں بہت سنجیدگی سے جواب دینے کی کوشش کی۔

" تکلف برطرف میں تو ابھی کچھ دیر بیٹھوں گا ۔

" ہاں تمہارا تو راستہ بھی مختلف ہے ـــــ خیر پھر ملیں گے اگر خدا لایا "

کپور نے ہلکا سا قہقہہ لگا کر اٹھتے ہوئے کہا۔

"گڈ بائی —"

"گڈ بائی —"

"آداب عرض —" "آداب — عرض"

اور پھر اٹھ کر کپور کو سہارا دیتے ہوئے بار سے باہر لے گیا۔

گیارہ بج چکے تھے — ڈانسنگ گرل اپنا آخری رقص ختم کر کے غالباً اپنی بقیہ رات کے لیے دس دس روپے کے تین نوٹوں کے ہاتھ سونپ کر اجنبی باہوں کے حلقے میں جا چکی تھی۔

"صرف آدھ گھنٹہ باقی تھا — میں نے بیرے سے کہا — "بیک وقت دو پیگ لے آؤ —"

اور بیرے نے میز پر دو پیگ رکھتے ہوئے مسکراتے ہوئے کہا — "کیوں صاحب! — آپ نے کچھ نہیں کہا — عورت مظلوم ہے یا ظالم — آپ کا کیا خیال ہے —"

اور میں بیرے کی اس بات کے جواب میں صرف مسکرا دیا۔

"آپ کے دوست تو بڑی بڑی باتیں بتا رہے تھے۔ بڑے پڑھے لکھے نظر آتے تھے — لیکن —"

"لیکن کیا —؟" میں نے اسے اچانک خاموش ہوتے دیکھ کر پوچھا

"لیکن سچی بات تو یہ ہے کہ عورت تو ایک پہیلی ہے —"

"بہت بہتر سکی —" میں نے دل ہی دل میں بیرے کے اس بازاری جملے

پر ملامت کا اظہار کیا۔

" کہیں وہ مظلوم ہے ـــ تو کہیں ظالم بھی ـــــ آپ دور کیوں جاتے ہیں اپنے محلے ہی کی بات لیجئے نا ـــ "

اور اپنے محلے کی بات سے میں ایک دفعہ پھر چونکا۔

" میرا محلہ ـــ " میں نے بیرے کی بات کاٹتے ہوئے کہا۔

" جی ہاں ـــــ آپ سروپ نگر ہی میں رہتے ہیں نا۔ بارہ نمبر گلی میں۔"

میں نے حیرانی سے مڑ کر بیرے کی طرف دیکھا وہ نہایت سنجیدگی سے کہے جا رہا تھا ـ" آپ مجھے نہیں جانتے لیکن میں آپ کو خوب واقف ہوں ـ "

بیرا کافی باتونی معلوم ہوتا تھا۔ لیکن ساتھ ہی سراتھ دلچسپ بھی۔ کیونکہ اس کی باتیں مجھے بور نہیں کر رہی تھیں۔

" تم مجھے کیسے جانتے ہو ـ " میں نے وسکی کے کچھ گھونٹ حلق سے اتارتے ہوئے پوچھا۔

" میں بھی تو اسی گلی میں رہتا ہوں ـــ "

" اچھا یہ بات ہے ـــــ لیکن میں نے تمہیں وہاں کبھی نہیں دیکھا ـــ "

" میری نوکری کا وقت ہی کچھ ایسا ہے ۔ آدھی رات کو یہاں سے جانا اور پھر صبح سویرے ہی یہاں آ جانا ـــ "

" ہوں ـــ " میں نے مسکراتے ہوئے کہا ـــ " پھر تو بہت اچھا ہے ـــ تم بھی بارہ نمبر گلی ہی میں رہتے ہو ـ "

" جی ہاں عین نکڑ پر کنوئیں کے سامنے میرا مکان ہے ـــ ہاں تو میں آپ

سے عرض کر رہا تھا ـــ ۔"

اور میں نے بیرے کی ادھوری بات ہی سننے کے بعد ہار کی سنہری گھڑی کو دیکھتے ہوئے کہا ـــ "بھئی اب جلدی چلنا چاہیئے ۔"

"آپ تانگے پر جائیں گے یا پیدل ۔" بیرے نے پوچھا

"اس وقت اگر تانگہ مل گیا تو ٹھیک ہے ورنہ پیدل چلنے میں بھی کوئی مضائقہ نہیں ۔ یہاں سے فاصلہ زیادہ نہیں ہے ۔"

"اگر آپ پیدل چلیں تو میں بھی آپ کا ساتھ دے سکتا ہوں ؟"

"تانگے پر کیوں نہیں ـــ ۔" میں نے گلاس کو خالی کرتے ہوئے مذاق میں پوچھا

"تانگے پر بھی جا سکتا ہوں بشرطیکہ کرایہ آپ ادا نہ کریں ۔"

"خوب ـــ ۔" میں بیرے کی خود داری اور فراست پر دل ہی دل میں خوش ہوا اور پھر اسے بل لانے کا آرڈر دیدیا ۔

بل ادا کرنے کے بعد بیرے نے مجھ سے چند منٹ تک مزید رکنے کی اجازت چاہی اور پھر نہ جانے اس نے منیجر سے کیا کہا اور وہ چھٹی لے کر آ گیا ۔

ہم دونوں بار سے باہر آ گئے ۔ چاندنی رات تھی لیکن تانگے کا دور دور تک کوئی نشان نہیں تھا ۔ قدرے توقف کے بعد ہم نے پیدل ہی چلنے کا فیصلہ کیا ۔

بیرا خاموش رہا ـــ شاید اس کی خاموشی اس وجہ سے تھی کہ بار میں جب میں نے اس کی باتوں میں بہت کم دلچسپی لی تھی ۔ یا شاید اس لئے کہ گفتگو کے سلسلے کا آغاز میری طرف سے ہو ۔ بالآخر میں نے ہی پہل کی ۔

"بھئی تم نے اپنا نام تو بتایا ہی نہیں ـــ ۔"

" رام دھن — "

رام دھن —— میں نے دل ہی دل میں دہرایا اور مجھے یہ نام اس وقت نہ جانے کیوں مضحکہ خیز سا لگا۔ اور اس کے بعد پھر وہی خاموشی رام دھن کے چہرے پر چھا گئی۔

میں نے پھر بے تکلف ہوتے ہوئے سوال کیا۔

" رام دھن یہاں سے کتنی رقم کما لیتے ہو ؟ "

" کمانا کیا ہے جی —! بس دو وقت سوکھی روکھی مل جاتی ہے۔ "

" تمہاری شادی ہو گئی ہے ؟ " میں نے پھر ایک سوال کر مارا۔ اور اس سوال کے جواب میں کچھ دیر کی خاموشی کے بعد رام دھن کے چہرے پر سنجیدگی کی ایک ہلکی سی تہہ جم گئی۔

" نہیں جی —! " وہ ایک دم جیسے جھلاتے ہوئے بولنے لگا " بھگوان کی کرپا ہے کہ میں نے شادی نہیں کی —— جنجال ہے جی پورا جنجال —— سچ پوچھو تو بابو جی مجھے تو عورت سے ہی نفرت ہو گئی ہے .... "

" عورت سے نفرت ہو گئی ہے۔ " میں نے پھر ایک حسرت آمیز نظر اس کے سنجیدہ چہرے پر پھینکتے ہوئے سوال کیا۔

" اور کیا جی —— سالی مرد کو بالکل موم کی ناک بنا کے رکھ دیتی ہے —— وہ میں آپ کو شاید بار میں بھی بتانے لگا تھا اپنے محلے کا قصہ — "

" ہاں — ہاں —— مجھے یاد آ گیا —— واقعی تم نے اپنے محلے کی کوئی بات شروع تو کی تھی۔ "

" ہاں میں کہہ رہا تھا کہ آپ دور کیوں جاتے ہیں اپنے محلے میں لاجونتی ہی کو دیکھ

لیجئے۔"

"کون لاجونتی۔"

"ارے آپ لاجونتی کو نہیں جانتے —— بھولے بادشاہ ہیں آپ بھی بابو جی محلے کا بچہ بچہ اس سے واقف ہے اور آپ اسے جانتے نہیں —— جی وہی لمبی سی پتلی سی —— شکنتلا کی ماں —— آپ کے گھر کو چھوڑ کر اس گلی میں چوتھا مکان ہے اُسکا بڑے بڑے آہنی دروازے والا ——"

"اچھا —— مکان کا تو مجھے علم ہے لیکن لاجونتی اور شکنتلا کے نام میں نے آج ہی سُنے ہیں۔"

اور میرا یہ جواب سن کر رام دھن نے قدرے تعجب اور قدرے افسوس سے میری طرف دیکھا جیسے اسے میری کم علمی اور واقفیت کی بے مائیگی پر رحم آرہا ہو۔ اس کے تیور سے پتہ چلتا تھا کہ لاجونتی کوئی معمولی اور غیر اہم عورت نہیں ہے۔

"خیر ہوگی —— " میں نے اس کی پوری بات سننے کی غرض سے کہا —— "ہاں تو پھر بات کیا ہوئی ——"

رام دھن کے کھانے اور بھرے ہوئے چہرے پر حیرت کی لہریں بدستور کھیلتی رہیں اور وہ کہنے لگا —— "آپ جب لاجونتی کو نہیں جانتے تو پھر آپ کو یہ بھی معلوم نہیں ہوگا کہ اس نے اپنے خاوند کو چھوڑ رکھا ہے۔"

"اس کے خاوند نے اسے چھوڑ رکھا ہے۔" میں نے بات کاٹتے ہوئے پوچھا۔

"جی نہیں اس نے خاوند کو چھوڑ رکھا ہے۔ کچھ لوگوں کا خیال ہے کہ لاجونتی پاگل ہے —— بعض کہتے ہیں کہ وہ کالا جادو بھی جانتی ہے —— وہ پاگل ہے یا جادو گرنی

۔۔۔ یہ تو میں نہیں جانتا لیکن اپنے خاوند کو اس نے واقعی مٹی کا مادھو بنا رکھا ہے ۔"
ایسا معلوم ہوتا تھا کہ رام دھن اس عورت کے بارے میں بہت کچھ جانتا ہے اور بہت کچھ کہنا چاہتا ہے ۔ اس کے طرز گفتگو کی وجہ سے مجھے بھی خواہ مخواہ اس عورت سے دلچسپی سی ہو گئی ۔
لیکن باہر کچھ دیر تک ٹھنڈی ہوائیں چلتے چلتے وسکی کا نشہ میرے ذہن پر بُری طرح چھا گیا اور میں صرف اتنا ہی محسوس کر سکا کہ رام دھن دیر تک لاجونتی کا ذکر کرتا رہا۔ صبح جب بیدار ہوا تو رام دھن کی بہت سی باتیں میرے ذہن میں دھندلی دھندلی سی ہو کر گڈمڈ ہو چکی تھیں۔ تاہم مجھے لاجونتی کو ایک نظر دیکھنے کی تمنا ضرور پیدا ہو گئی۔ میں نے اپنی بیوی سے جب لاجونتی کا ذکر کیا تو وہ ایک دم خوفزدہ سی ہو کر کہنے لگی ۔۔۔ "جی ۔۔۔ لاجونتی ۔۔۔ آپ اسے کیسے جانتے ہیں ۔۔۔ وہ تو کالا جادو جانتی ہے کالا جادو ۔۔۔ پورے ساٹھ دن شمشان میں جا کر اس نے پوری پوری رات منتروں کا جاپ کیا ہے ۔۔۔ "
اور میں اپنی دقیانوسی بیوی کے دقیانوسی خیالات پر بے ساختہ قہقہہ مار ہنس دیا ۔
"آپ ہنس رہے ہیں جی ۔۔۔ محلے میں کسی عورت سے بھی پوچھ لیجئے ۔۔۔ سب کہتی ہیں کہ وہ کالا جادو جانتی ہے اور اس نے اپنے پتی پر بھی جادو کر رکھا ہے ۔۔۔ وہ جادو کے زور سے اس سے اپنی ہر بات منوا لیتی ہے ۔"
"مگر میں نے تو سنا ہے اس نے اپنا خاوند چھوڑ رکھا ہے ۔۔۔ " میں نے سنجیدہ ہوتے ہوئے کہا۔
"چھوڑا تو نہیں ۔۔۔ مگر وہ خود ہی ڈر کے مارے اس سے دور رہنا پسند

کرتا ہے ـــــ یوں تو وہ بڑا پڑھا لکھا آدمی ہے ـــــ لدھیانے کسی کالج کا پروفیسر ہے ـــ ۔ مجھے اپنی سیدھی سادی بیوی کی معلومات پر حیرت ہو رہی تھی ۔ اور اسی دن شام کو جب میں اپنے کمرے میں مصروفِ مطالعہ تھا ۔ میری بیوی نے مجھے ایک دم اُٹھنے کے لئے کہا ۔ دروازے کے پاس لے جا کر اس نے بتایا "دیکھیے وہ ـ ـ سامنے جو عورت آ رہی ہے ۔ وہی لاجونتی ہے ۔"

میں نے ایک طائرانہ نظر سے اس کا جائزہ لیا ۔ ملگجے سانولے رنگ کی لمبی اور دُبلی سی عورت تھی ۔ عمر تیس کے لگ بھگ معلوم ہوتی تھی ۔ لیکن سر کے کافی بال سفید ہو چکے تھے ۔ سینہ ڈھلک گیا تھا ۔ لیکن چہرہ تنا ہوا اور روشن ۔ اور آنکھوں میں ایک عجیب اور نامانوس سی سراسیمگی وحشت اور غصّے کی ملی جلی کیفیت ۔

" اور اس کے ساتھ کون ہے ـ ـ " میں نے لاجونتی کے پیچھے پیچھے ایک سہمی سہمی اور دبکی دبکی ہوئی اکہرے بدن کی نوعمر لڑکی کو آتے ہوئے دیکھ کر کہا ۔

" یہ لاجونتی کی لڑکی ہے نا ـ "

" شکنتلا ـــ "

اور میری بیوی حیرت سے میری طرف دیکھتی ہوئی بولی " اچھا تو آپ کو اس کا نام بھی معلوم ہے ـــ "

اور میں اس کے جواب میں صرف ہلکا سا قہقہہ لگا کر ہی خاموش ہو گیا ۔

کچھ دن بعد اتفاق سے میں پھر کافی رات گئے گرینڈز میں پہنچا ۔ پہنچنے کے بعد رام دھن پھر میرا ہمسفر بنا ۔ اور راستے میں خود ہی اس نے لاجونتی کا ذکر چھیڑ دیا ۔

میری بیوی نے مجھے جو کچھ بتایا تھا میں نے بیان کر دیا اور رام دھن کو جیسے یہ جان

کر نہایت اطمینان اور مسرت کا احساس ہُوا کہ لاجونتی اب میرے لئے بھی کافی اہمیت اختیار کر چکی ہے۔

"میں یہ تو نہیں کہتا کہ وہ کالا جادو جانتی ہے اور اس نے تیس دن شمشانوں میں اُلٹے سیدھے منتروں کا جاپ کیا ہے لیکن آپ کی بیوی کا یہ کہنا بالکل ٹھیک ہے کہ وہ اپنے خاوند سے جو کام چاہتی ہے کروا لیتی ہے ــــــ بعض اوقات تو اس نے واقعی اس سے بڑے بڑے مضحکہ خیز کام کروائے ہیں۔" ــــــ اور اس کے بعد رام دھن کا حافظہ ایک کتاب کی طرح کھل گیا اور اس نے متعدد ایسے حیرت ناک اور مضحکہ خیز واقعات سنانے شروع کر دیئے جن پر اعتبار کرنے کو جی نہیں چاہتا تھا۔ لیکن رام دھن بڑے اعتماد اور وثوق سے ان کی صداقت کی ضمانت دے رہا تھا۔

مثلاً اس نے بتایا "ایک دفعہ لاجونتی نے عین اپنے گھر کے سامنے گلی میں اپنے خاوند کو جوتے لگائے۔ ناک سے لکیریں کھنچوائیں اور کئی لوگوں کے سامنے مرغ بنا کر اس کے کان پکڑوا دیئے۔

پھر اسے ایک دفعہ حکم دیا کہ تم یہاں سے بھاگتے ہوئے جاؤ اور صدر بازار کے نہال حلوائی سے میرے لئے ایک پاؤ گرم گرم جلیبیاں نکلوا کر تانگے پر بیٹھ کر فوراً یہاں پہنچو۔ اور وہ غریب سرِعام واقعی بھاگتا ہوا گیا اور تھوڑی دیر بعد جلیبیوں کا لفافہ لے کر لاجونتی کے حکم کے مطابق تانگے پر واپس آ گیا۔

رات رات بھر اس سے اپنی ٹانگیں دبوانا۔ کپڑے دھلوانا اور کھانا پکوانا تو لاجونتی کے محبوب مشاغل تھے۔"

"یار وہ چند بالکل پاگل ہوگا پاگل ــــــ" میں نے لاجونتی کے خاوند کے

بارے میں فیصلہ کن انداز میں کہا۔

" نہیں باؤجی! ـــ بالکل نہیں ـــ آپ کی بیوی کی یہ بات بھی سو فیصدی سچ ہے کہ وہ بہت پڑھا لکھا آدمی ہے۔ لدھیانے میں انگریزی کا پروفیسر ہے۔ میں خود اسے اچھی طرح جانتا ہوں۔ اس کا دماغ بالکل ٹھیک ہے۔"

۔ تو پھر وہ اپنی بیوی کی ہر ناجائز خواہش اور ہر ظلم کو خاموشی سے کیوں برداشت کر لیتا تھا ـــ "

" شرافت ـــ محض شرافت ـــ " اور چند لمحوں کی خاموشی کے بعد رام دھن اپنے آپ کہنے لگا ـــ " آپ کہہ رہے ہیں کہ لاجونتی کا خاوند پاگل ہے حالانکہ گلی کے بہت سے واقف کار لوگوں کی رائے اس کے بالکل برعکس ہے۔ اور جب پروفیسر یہاں تھا تو اسے کئی دوستوں نے مشورہ بھی دیا تھا کہ لاجونتی کو پاگل خانے میں داخل کرا دو۔"

" پھر ـــ "

" پھر کیا پروفیسر بیچارہ گلی کے دو تین اچھے اور ذمہ دار آدمیوں کو لیکر ڈرتے ڈرتے لاجونتی کو سیر کے بہانے پاگل خانے تک لے بھی آیا۔ اور جب وہاں پہنچ کر لاجونتی کو کسی طرح علم ہو گیا کہ یہ پاگل خانہ ہے اور یہ لوگ مجھے یہاں داخل کرانے کے لئے آئے ہیں تو اس نے پروفیسر کو وہیں مار مار کر ادھ موا کر دیا اور ساتھ آنے والے آدمیوں کو ماں بہن کی وہ گالیاں سنائیں کہ آج تک ان کو ایک لفظ تک منہ سے نکالنے کی جرأت نہیں ہو سکی ہے۔"

" حد ہے یار ـــ " میں نے تعجب سے کہا

اور رام دھن کہنے لگا۔ " حد تو ہے ہی مگر بڑا ظلم بھی ہے۔ بہت ہی اپنے سے ۔

اس عورت نے تو پروفیسر کی زندگی اجیرن کر دی ہے ــــ "۔

مجھے واقعی پروفیسر پر رحم سا آنے لگا اور میں اداس سا ہو گیا۔ اور اتنے میں ہم گلی کے اس موڑ تک پہنچ گئے۔ جہاں مجھے اور رام دھن کو علیحدہ علیحدہ ہو جانا تھا۔

لاجونتی کی شخصیت اب واقعی میرے لئے غیر معمولی طور پر اہمیت اختیار کر گئی تھی۔ میرے اور میری بیوی کے درمیان اکثر گھر میں اسی کا ذکر رہتا۔ بلکہ بعض اوقات تو میری بیوی بھی پریشان ہو جاتی۔

" آخر آپ ہر وقت اسی کے نام کی مالا کیوں جپتے رہتے ہیں۔ "

اور پھر خود ہی ہنستے ہوئے کہنے لگتی ــــ " کہیں آپ پر بھی اس کے کالے جادو کا اثر تو نہیں ہو گیا ــــ "

دن گزرتے گئے۔ اور لاجونتی کے بارے میں میری معلومات میں اضافہ ہوتا گیا اور اس کے ساتھ ہی ساتھ اس کردار کے تانے بانے میرے ذہن میں اور زیادہ الجھنے لگے اور میں کئی دفعہ تنہائی میں فیصلہ کرتا کہ اب لاجونتی کے بارے میں بالکل کوئی بات نہیں سوچوں گا۔ وہ بری ہے اچھی ہے۔ ظالم ہے مظلوم ہے۔ پاگل ہے یا جادوگرنی ہے۔ مجھے اس سے کیا۔ آخر میں خواہ مخواہ اس کیلئے اپنے دماغ کو کیوں پریشان کروں۔ لیکن نہ جانے کیا بات تھی کہ اس فیصلے کے باوجود میں اس کے بارے میں سوچنے پر اپنے آپ کو مجبور پاتا۔ جہاں کہیں اس کے معمولی سے ذکر کی بھنک بھی میرے کانوں میں پڑتی میرا ذہن چوکنا ہو جاتا۔

اس مدت میں کئی دفعہ میں نے گلی میں اسے آتے جاتے بھی دیکھا تھا۔ اس کے چہرے کی پتھریلی سنجیدگی کبھی پگھلنے میں نہیں آتی تھی۔ اتنی دفعہ دیکھنے کے باوجود میں نے

کبھی اسے مسکراتے ہوئے نہیں دیکھا تھا۔ شکل و شباہت کے اعتبار سے وہ جاذبِ نظر اور پُرکشش تو نہیں تھی البتہ اس کے خدوخال میں اپنی سختی اور تناؤ کی وجہ سے ایک انفرادیت ضرور پیدا ہوگئی تھی۔

دن گزرتے گئے۔ مجھے کچھ ایسی نجی اور ذاتی مصروفیات اور پریشانیاں رہیں کہ میں گلی محلے اور شہر کی زندگی اور نقل وحرکت سے بہت حد تک کٹ سا گیا۔ بیوی بیمار ہوگئی۔ زیادہ تر وقت اس کی تیمارداری ڈاکٹر کو بلانے اور بھیجنے میں صرف ہوجاتا اور باقی وقت میں اپنے کمرے میں پڑھنے لکھنے میں صرف کر دیتا۔

کوئی مہینہ بھر بعد جب حالات متوازن ہوئے اور بیوی پورے طور پر صحت یاب ہوگئی تو میں رات کے دس گیارہ بجے کے قریب گرینڈز میں چلا گیا۔ رام دھن مجھے دیکھتے ہی جیسے مسرت اور حیرت سے کِھل سا گیا۔

"آپ ـــــ آپ تو بہت ہی دنوں بعد یہاں آئے ـــــ میں تو آپ کے گھر جا کر خیریت پوچھنے والا تھا ـــــ کہیے مزاج تو ٹھیک ہے ـــ" وہ اپنے ٹوٹے پھوٹے لیکن مسرت انگیز لہجہ میں پوچھنے لگا۔

میں نے یونہی سا جواب دے کر وسکی کا آرڈر دیا۔ بہت دنوں کے بعد پینے کی وجہ سے آج نشہ میں ایک اجنبی اور نامانوس سی لذت اور والہانہ مسرت کا احساس شامل تھا۔

"کہو بھئی رام دھن! لاجونتی کا کیا حال چال ہے؟"

"بہت اچھا ہے جی ـــ بس اس کی لڑکی شکنتلا چلی گئی ہے۔"

"کہاں چلی گئی ہے؟" میں نے حیران ہو کر پوچھا۔

۔ جانا کہاں تھا جی بیچاری نے ـــــ ماں کی ہر وقت کی جھڑکیوں اور ملامتوں نے ناک میں دم کر رکھا تھا ـــــ میرا خیال ہے اپنے کسی رشتہ دار کے ہاں چلی گئی ہوگی ـــــ ویسے کچھ لوگ تو یہ بھی کہتے ہیں کہ اپنے کسی آشنا کے ساتھ بھاگ گئی ہے لیکن میرا دل نہیں مانتا ـــــ وہ لڑکی بہت اچھی ہے ـــــ بڑی ہی شریف میں نے اسے کبھی نظر اُٹھا کر چلتے ہوئے بھی نہیں دیکھا ـــــ " اور کچھ دیر چپ رہنے کے بعد وہ پھر کہنے لگا ـــــ لیکن ! کیا اعتبار اس سالی عورت ذات کا ـــــ بھگوان جانے بھاگ ہی گئی ہو کونسی بڑی بات ہے ـــــ آخر روز اخباروں میں ایسی خبریں چھپتی ہی ہیں ـــــ "

اور میں وہسکی کے گلاس کو ہاتھ میں لیے کچھ کھو سا گیا۔ بلوری گلاس میں عنابی وہسکی کی سطح پر شکنتلا کے معصوم اور دوشیزہ خدو خال جھانک کر ڈوب جاتے۔ ٹھیک کہتے ہو ـــــ رام دھن ! تم ٹھیک کہتے ہو عورت ذات کا کوئی اعتبار نہیں ـــــ ! " اور مجھے اس پروفیسر کی بیچارگی اور شرافت پر رحم آنے لگا جو لدھیانے میں دن بھر انگریزی ادب کی گہرائیوں میں ڈوب کر انسانی نفسیات کے پیچ وخم واضح کرتا ہے اور رات کے اندھیرے میں اس کی نوجوان لڑکی اپنے کسی آشنا کے ساتھ فرار ہو جاتی ہے۔

عجیب بات تھی کہ اس رات میں انتہائی کوشش اور خواہش کے باوجود رام دھن سے کوئی بات نہیں کر سکا۔ بار میں تو خیر زیادہ گفتگو ہو بھی نہیں سکتی تھی۔ لیکن حسب سابق جب ہم نے اپنا تمام راستہ پیدل طے کیا تو اس وقت بھی میرے سکوت کا شیرازہ منتشر نہ ہو سکا۔ حالانکہ رام دھن نے اپنی بساط کے مطابق تھوڑی

بہت کوشش بھی کی لیکن میرے گلے میں تو جیسے کوئی چیز آکر اٹک گئی تھی۔ الفاظ حلق تک آکر پھر دماغ کے کسی گوشے میں سو جاتے تھے۔

میری یہ حالت دیکھ کر رام دھن بھی اداس سا ہو گیا۔

دراس رات کے بعد ہر رات لاجونتی کے بارے میں کوئی نہ کوئی نئی خبر سننے میں آتی دراصل پورا محلہ لاجونتی کی پیچیدہ اور اُلجھی ہوئی زندگی سے دلچسپی لے رہا تھا۔

سب سے پہلے یہ معلوم ہوا۔

شکنتلا بمبئی چلی گئی ہے۔ اس کا آشنا شاید اسے کسی فلم کمپنی میں ایکٹرس بنا دے گا۔ کیونکہ اس نے اسے یہی جھانسہ دیا تھا کہ یہاں کی تلخ اور گھناونی زندگی نے اس کی روح میں جو زخم پیدا کر دیئے ہیں اور اس کی شخصیت کو جس بری طرح گھائل کر دیا ہے۔ بمبئی کا فلمی ماحول اس کی تلافی کر دے گا۔ اور وہ چند ہی دنوں میں ہندستان کی مشہور اداکارہ تسلیم کی جانے لگے گی۔

لیکن اس کے چوبیس گھنٹے بعد ایک ہولناک خبر محلے میں آگ کی طرح پھیل گئی۔ شکنتلا نے جمنا میں ڈوب کر ہمیشہ کے لئے اپنا خاتمہ کر لیا ہے۔

اور پھر اس سے اگلی رات میری بیوی نے بتایا ـــــــ لاجونتی بھی صبح سے غائب ہے۔ شکنتلا کی تلاش میں نہ جانے وہ کہاں چلی گئی ہے۔

اور اس کے کچھ دن بعد یہ ٹریجڈی کامیڈی میں بدل گئی جب یہ خبر عام ہو گئی کہ ـــــــ شکنتلا دراصل لدھیانے میں اپنے تایا جی کے پاس گئی تھی اور اب تک وہیں ہے۔

"کاش یہ خبر سچ ہو۔" اور مجھے یقین تھا کہ یہ خبر سچ ہی ہو گی اور اس خبر سے

پتہ نہیں کیوں مجھے اطمینان اور مسرت کا احساس ہو رہا تھا۔

اور اگلی رات جب میں گرینڈز میں گیا تو رام دھن نے بھی اس خبر کی تائید کر دی۔

لیکن رات کو گھر تک آتے آتے راستے میں اس نے مجھے ایک نہایت عجیب اور حیرت انگیز بات بتائی۔

رام دھن کہنے لگا ــــ مجھے نہایت معتبر ذریعہ سے یہ بات معلوم ہوئی ہے کہ لاجونتی شکنتلا کی تلاش میں لدھیانے جا پہنچی۔ اور جب اُسے معلوم ہوا کہ شکنتلا پروفیسر کے پاس چلی گئی ہے تو اس نے اپنے خاوند سے ملنے کی بجائے لدھیانے کے تھانے میں کر رپورٹ لکھوا دی کہ فلاں پروفیسر میری نوجوان لڑکی کو اغوا کر کے یہاں لے آیا ہے۔"

"ہیں ــ" میں نے حیران ہو کر پوچھا "تو پھر کیا ہوا۔"

اور رام دھن میرے اشتیاق کو بھانپتے ہوئے نہایت ٹھہرے ہوئے لہجہ میں کہنے لگا۔

"بس جی ہونا کیا تھا۔ پولیس نے رپورٹ لکھ لی اور پھر جب بات بڑھ گئی اور پروفیسر کے گھر پر چھاپہ مارا گیا اور وہاں سے واقعی شکنتلا برآمد ہو گئی تو معاملہ کی نوعیت اور بھی نازک ہو گئی ــ"

"ہوں ــ" میں نے ہنکارا بھرتے ہوئے کہا۔

"پروفیسر نے بتایا کہ میں تو اس لڑکی کا باپ ہوں ـــــ تو یہ چھنال کہنے لگی بالکل غلط ہے۔ میرا خاوند تو مدت ہوئی مر چکا ہے ــــ میں اس شخص کو بالکل نہیں جانتی ــ۔

"یہ کیسے ہو سکتا ہے ــــ کیوں تمہارا کیا خیال ہے ــــ کیا ایسا ہو

سکتا ہے۔

• ہاں وہ عورت ایسا بھی کر سکتی ہے۔ ـــ ـــ مجھے یقین ہے کہ یہ بات غلط نہیں ہے ـــ ہاں تو میں بتا رہا تھا۔ اس کے بعد جب شہر کے معزز لوگوں اور کالج کے پرنسپل اور دوسرے پروفیسروں نے پروفیسر کی شرافت کا یقین دلایا اور شکنتلا نے خود اپنے بیان میں کہا کہ پروفیسر صاحب واقعی میرے پتا ہیں) اور میری ماں کا دماغ خراب ہو چکا ہے اسی لیے وہ اول فول باتیں کرتی ہے تو معاملہ رفع دفع ہوا ـــ "

اور عجیب بات تھی کہ اگلے دن میری بیوی نے حرف بحرف اسی طرح رام دھن کی ایک ایک بات کی تائید کر دی جس طرح گذشتہ رات میری بیوی کے بیان کو رام دھن نے [illegible] گردانا تھا۔

اور یہ سب باتیں محلے بھر میں پھیل چکی تھیں۔ اور راجو تی شکنتلا کے بغیر ہی تنہا لدھیانے سے واپس آ گئی تھی۔

واپسی پر ایک دفعہ گاؤں میں گزرتے ہوئے جب اچانک میری نظر اس پر پڑی تو اس کے سنگین خدوخال میں کوئی غیر معمولی تبدیلی پیدا نہیں ہوئی تھی۔ اس کا چہرہ بالکل پہلے کی طرح سنجیدہ اور ٹھوس تھا۔ اس کی زندگی کی ندی پہلے ہی کی طرح اپنی مخصوص رفتار کے ساتھ بہہ رہی تھی اور اس میں کسی ہلچل کے شائبہ تک کا گمان نہیں ہوتا تھا!

پورے ایک سال کے بعد آج ٹھاکر ادے کشور یورپ کی سیاحت سے واپس لوٹے تھے انہیں رات کو ڈنر کیلئے مدعو کرتے وقت میرے ذہن میں ایک دلکش شرارت سوجھی۔ میں نے انہیں اپنی مخصوص بار گرینڈز میں دعوت دینے کی بجائے ندلا کو منتخب کیا۔ کیونکہ وہاں

رام دھن بھی نہایت بے تکلفی کے ساتھ شریک ہو سکتا تھا۔

رام دھن نے اس رات کیلئے گرینڈز والوں سے چھٹی لے لی۔

بہت دیر تک توٹھاکر اور کپور اپنی سیاحت کے نہایت طویل تجربات اور مشاہدات کا ذکر کرتے رہے۔ اس کے بعد میں نے ان الفاظ سے لاجونتی کا قصہ شروع کر دیا۔

" آپ دونوں اصحاب کو یاد ہو گا کہ آج سے ایک سال پہلے جس رات ہم گرینڈز میں اکٹھے ہوئے تھے ہماری زیادہ تر بات چیت عورت کی فطرت کے بارے میں ہوئی تھی اور کپور صاحب آپ کو یاد ہو گا۔ آپ نے کہا تھا کہ عورت ذات بیچاری مظلوم اور ستم رسیدہ ہے۔"

" جی ہاں میں ابھی تک اپنی بات پر قائم ہوں۔"

" تو اچھا سنئے ایک ایسی عورت کا قصہ جو آپ کی عورت کے بالکل برعکس ہے۔"

اور اس کے بعد میں نے لاجونتی کے بارے میں وہ سب کچھ بیان کرنا شروع کر دیا جو میرے حافظے میں موجود تھا۔

ٹھاکر اور کپور نہایت خاموشی اور سنجیدگی سے سنتے رہے۔ اس داستان میں جب رام دھن کا ذکر آیا تو میں نے مفصل طور پر اس کا تعارف بھی کرا دیا۔ جو میری باتوں سے قطعاً بے نیاز ہو کر پہ پینے میں محو تھا۔

تمام قصہ سننے کے بعد ٹھاکر نے سخت حیرت کا اظہار کیا اور کپور ایک دم چلا پڑا۔

" میں دعوے سے کہتا ہوں کہ اس عورت کا دماغ ٹھیک نہیں ہے۔"

" ایسی عورت کو ABNORMAL کہہ سکتے ہیں۔" ٹھاکر نے بڑی متانت سے کپور کی تائید کرتے ہوئے کہا۔

اور مجھے خاموش دیکھ کر رام دھن اپنی لٹ اور آنکھوں کو نچاتے ہوئے بہکنے

بڑے اعتماد اور وقار سے بولا۔

" لیکن میں پوچھتا ہوں ــــــــــ یہ عورت اگر پاگل ہے تو پاگل ہوئی کیسے؟

" ہم تینوں پھر خاموش رہے اور کچھ دیر بعد رام دھن خود ہی کہنے لگا ــــ " میں جانتا ہوں کہ وہ پاگل کیونکر ہوئی ــ! "

گپورا ادرتھا کر کے علاوہ میں بھی حیرت زدہ آنکھوں سے رام دھن کی طرف دیکھنے لگا۔

" بات یہ ہے کہ پروفیسر صرف شریف ہی نہیں بلکہ نامرد بھی ہے ــ "

" شرافت بجائے خود نامردی ہے ــ " میں نے ہنستے ہوئے فقرہ کسا۔

" یہ تو میں جانتا نہیں ــــــ کیونکہ دیکھئے نا بابوجی ــــ! " رام دھن کی آواز بری طرح لرز رہی تھی ـــــــ " میں آپ کی طرح کوئی پڑھا لکھا آدمی تو ہوں نہیں لیکن اتنا ضرور جانتا ہوں کہ لاجونتی کا دماغ محض اس لئے خراب ہوا کہ پروفیسر سچ مچ نامرد تھا ــ ــــــ اسی لئے شادی کے بعد پروفیسر کی اور لاجونتی کی کبھی نہیں بنی "

" تو پھر شکنتلا ــــ "

اور میری بات کو کاٹتے ہوئے رام دھن کہنے لگا ــــ " شکنتلا سچ مچ پروفیسر کی بیٹی نہیں ہے ــ "

مجھے یقین نہیں آرہا تھا کہ رام دھن جو کچھ کہہ رہا ہے وہ واقعی سچ ہے ــ

" دراصل یہ پروفیسر کے ایک نوجوان نوکر کی بیٹی ہے ــــــ شادی کے کچھ دنوں بعد ہی لاجونتی نے اس نوکر سے راہ و رسم پیدا کرلی تھی اور شکنتلا نے اسی نوکر کی مہربانیوں سے جنم لیا ــ "

کچھ دیر تک ہماری ٹیبل پر بالکل سناٹا رہا۔ اس کے بعد ہم سب نے ایک ایک پگ اور منگوا لیا۔

اور رام دھن غٹاغٹ اسے انڈیلتے ہوئے کچھ اداس اور کچھ سنجیدہ سا ہو کر کہنے لگا ——— "بس جس دن سے یہ سالی شکنتلا پیدا ہوئی اُسی دن سے لاجونتی کے دماغ میں گڑبڑ پیدا ہو گئی ——— وہ کھچی کھچی کھوئی کھوئی سی رہنے لگی۔ کبھی پروفیسر سے نفرت کا اظہار کرتی ——— کبھی اس نوکر کو گالیاں دیتی ——— اور کبھی خود اکیلی بیٹھی ہی آنسو بہایا کرتی ———"

اور کپور نے لاجونتی کا تجزیہ کرتے ہوئے کہنا شروع کیا ——— "ہاں یہ تو ہونا تھا ——— وہ بیچاری فیصلہ نہیں کر سکی ہوگی کہ یہ گناہ جو شکنتلا کی جیتی جاگتی صورت بن کر اس کے سامنے تھا دراصل کس کا ہے ——— میرا خیال ہے اس سارے واقعے سے بھی میرا ایمان رد نہیں ہوتا۔ اس سے بھی عورت کی مظلومی اور بے بسی ہی ظاہر ہوتی ہے ——— "

ٹھاکر چپ رہا۔ لیکن اس کے چہرے پر کچھ ایسی کیفیت تھی جیسے وہ کپور کی رائے سے متفق نہ ہو۔

اور رام دھن اپنی ہی دھن میں کہے جا رہا تھا۔

"شروع شروع میں کئی دفعہ لاجونتی نے سوچا بھی کہ اپنی حرامی لڑکی کا گلا گھونٹ دے یا خود کسی کنوئیں میں ڈوب کر چھٹکارا حاصل کر لے یا ہمیشہ کے لئے ان سب سے دور بھاگ جائے ——— مگر وہ کوئی فیصلہ کیے بغیر ہی ان سب کے ساتھ رہتی چلی گئی ——— اور ——— اس کا مزاج بہت چڑچڑا ہو گیا۔ بات بات پر وہ پروفیسر سے اُلجھ پڑتی اور پروفیسر اپنی شرافت سے مجبور تھا۔

"تو پھر اس نوکر کا کیا ہوا —"

"وہ بھی اپنی مالکہ کے سلوک سے تنگ آ کر نوکری چھوڑ گیا —— پھر پروفیسر کو بھی اس سے بیزار ہو کر دیہاتی چلے جانے پر ہی بس نہیں ملا — ماہانہ خرچ باقاعدگی سے بھیج رہا ہے۔ اب شکنتلا بھی چلی گئی —۔ اس عورت کے ساتھ اب کسی کی —— کسی کی بھی نہیں نبھ سکتی۔"

کافی وقت ہو چکا تھا۔ اکثر میزیں خالی پڑی تھیں۔ ایک پُراسرار خاموشی ہر سمت پھیل پھیل کر گہری ہو رہی تھی۔

دفعتاً مجھے ایک بات سوجھی۔

"رام دھن —— !" میں نے اپنے گلاس کی بچی ہوئی وسکی کو پیتے ہوئے کہا —۔ "تمہیں یہ سب کچھ کیونکر معلوم ہے —— یہ راز تو زیادہ سے زیادہ لاجونتی کو یا پروفیسر کو معلوم ہونا چاہیے۔"

"نہیں بابو جی ! ——" رام دھن بالکل مدہوش ہو کر بول رہا تھا۔

"یہ بھید صرف لاجونتی جانتی ہے یا میں...... پروفیسر کو آج تک اس کی خبر نہیں —۔"

"مگر تم کیسے جانتے ہو —۔" میں پوری طرح چونک کر ایک دم پوچھنے لگا۔ "کیوں کہ — کیوں کہ ——" رام دھن ہکلاتے ہوئے کہہ رہا تھا۔ "کیوں — کہ —— جناب وہ نوکر خود میں تھا۔"

جھوٹ

آج سرِ شام ہی کلثوم میک اپ سے فارغ ہو چکی تھی۔ انگوری رنگ کی ساڑھی اور ہلکے گلابی بلاوز میں اسکے سمیں جسم کا ہر زاویہ اور ہر ابھار بوتا ہوا محسوس ہو رہا تھا۔ موٹی موٹی سیاہ آنکھوں کی خواب ناک نشیلی جھیلوں میں ایک تبسم خود سپردگی رواں دواں تھی۔ گولڈ فلیک کے سگریٹ کا آخری کش لگا کر بچے کھچے ٹکڑے کو ترے میں پھینکتے ہوئے مظفر نے غیر ارادی طور پر جب کلثوم کے چہرے پر نظر ڈالی تو اسکے اپنے مرجھائے جبڑے پر ایک لمحہ کے لئے ایک وحشیانہ تبسم جھلک کر ماند پڑ گیا۔

اور کلثوم ایک دم مظفر کی طرف دیکھ کر مسکرا پڑی جیسے اس کی دلی کیفیت کو بھانپ گئی ہو۔

"دیکھو مظفر ڈیر ——! " وہ بدستور مسکراتے ہوئے مظفر سے کہنے لگی "آج اپنے نئے مہمان سے بہت محتاط ہو کر بات کرنا —— میں نے اس کشمیری نو

جوان سے کہا تھا کہ میرے شوہر ملٹری میں کیپٹن ہیں اور ان دنوں آسام گئے ہوئے ہیں۔ اور میں آج کل یہاں ـــ "

"اور مظفر یکدم بات کاٹ کر بولا

"لیکن تم نے ایسا کیوں کہا؟"

"کتنی عجیب آدمی ہو کیا غضب ہو گیا اتنی سی بات کہہ دینے سے۔"

لیکن کلثوم کی اس سیدھی سی بات نے جیسے مظفر کی کسی دکھتی ہوئی رگ کو چھیڑ دیا اور وہ جھنجھلا کر کہنے لگا۔

"بلا وجہ جھوٹ بولنے کی کیا ضرورت تھی"

"جھوٹ ـــ" کلثوم نے مظفر کے لہجے ہی میں اس لفظ کو دہرایا جیسے کہہ رہی ہو۔ آخر اس لفظ میں کیا برائی ہے ہماری زندگی اور ہمارے کاروبار کی ساری عمارت اسی ایک لفظ پر ہی تو کھڑی ہے۔ لیکن کلثوم ایک لمحہ کی خاموشی کے بعد بڑے دھیرج اور ٹھنڈے ٹھنڈے لہجہ میں کہنے لگی "میرا مطلب یہ ہے کہ تم نئے آدمی کے سامنے کوئی ایسی بات نہ کر بیٹھنا جس سے بنا بنایا کھیل بگڑ جائے گا۔"

کلثوم نے یہ کھیل کل نئی دہلی کے ایک کافی ہاؤس میں کھیلا تھا۔ وہ کافی ہاؤس میں گئی تو تھی کیپٹن رجو سے ملنے کی نیت سے لیکن وہ اپنے وعدہ کے باوجود موجود نہیں تھا اور کلثوم کی تجربہ کار اور عقابی نگاہیں کیپٹن کو ڈھونڈتے ڈھونڈتے آخری میزوں پر ایک خوش پوش اور خوش شکل نوجوان پر مرکوز ہو گئی تھیں جو سارے کافی ہاؤس کی پر شور فضا سے کٹا ہوا بالکل تنہا نہایت بے دلی سے سگار کے لمبے لمبے کش لگا رہا تھا۔

یہیں سے یہ کھیل کھیلنے کا خیال کلثوم کے دل میں پیدا ہوا اور وہ بظاہر بڑی

بے نیازی اور بے باکی سے اس کی میز کے قریب پہنچ کر رک گئی۔ سب سے پہلے اس نے بڑے رسمی انداز میں اس کے پہلو کی خالی کرسی پر بیٹھنے کی اجازت چاہی۔ پھر بیرے کو دو کافی کے پیالوں کا آرڈر دیا اور پھر بڑی سادگی اور خلوص سے اس نوجوان کو ایک پیالے کی پیش کش کی کلثوم کے اندازے کے مطابق وہ نوجوان کافی عام فہم اور شرمیلا ثابت ہوا اور کلثوم کی اس سادگی اور خلوص کے اچانک مظاہرے نے جیسے اس کے سوچنے کی قوت کو مفلوج کر دیا اور تھوڑی سی گھبراہٹ اور ہچکچاہٹ کے بعد اس نے کافی کا پیالہ ہونٹوں سے لگا لیا۔

اور کافی پیتے پیتے ہی دونوں نے ایک دوسرے سے اپنا تعارف کرایا۔ نوجوان نے بتایا کہ وہ سری نگر سے شالوں کا کاروبار کرنے کے لئے زندگی میں پہلی دفعہ دہلی آیا ہے اور یہاں ایک ہوٹل میں مقیم ہے۔ اور کلثوم اپنی مختصر سی تعارفی بات چیت ہی میں اس کی بے دلی میں کشش اور دلچسپی کا جادو جگانے میں کامیاب ہو گئی۔

وہ اس کے ساتھ اور زیادہ دیر تک بیٹھنا چاہتی تھی لیکن کیپٹن راجو کی اچانک آمد سے اس کھیل میں گڑبڑ ہو جانے کا اندیشہ تھا۔ اس لئے اس نے مصلحتاً اس اولین ملاقات پر اکتفا کیا اور آخر میں چلتے چلتے اپنا گھر کا پتہ لکھوا کر اس نوجوان کو کل شام کی چائے کیلئے مدعو بھی کر آئی۔ دعوت دیتے ہوئے اس کے لہجے میں سادگی اور خلوص کے ساتھ اصرار بھی شامل تھا۔

کلثوم کو یقین تھا کہ وہ نوجوان یہاں ضرور پہنچے گا۔ اس وقت اس کا انتظار اس کے اندر ایک عجیب سی مسرت اور برتری کے احساس کو جھنکار رہا تھا۔ لیکن مظفر اس سب سے قطعاً بے پروا ہو کر چپ چاپ کمرے کی چھت کی کڑیاں گننے میں مصروف

تھا۔ اس "جھوٹ" والی بات سے اس کی کبھی کبھی آنکھوں کی راکھ میں ابھی تک غصے اور افسردگی کی چنگاریاں سلگ رہی تھیں۔

"اور ہاں دیکھو ــــ" کچھ دیر کی خاموشی کے بعد کلثوم نے خود ہی سلسلۂ گفتگو کا آغاز کیا "تم نیچے جا کر چائے وغیرہ کا انتظام کرلو اور کو سے چائے کے ساتھ کچھ کھانے کے لئے بھی بازار سے منگوا لینا ــــ میرا خیال ہے تمہارے پاس کچھ پیسے تو ہوں گے ــــ"

"پیسے کہاں ہیں! ــــ رات کو میرے پاس پانچ کا ایک نوٹ بچا تھا وہ بھی تم نے کیپٹن کے ساتھ کلب کی واپسی پر نشے میں تانگے والے کو دلوا دیا تھا ــــ"

"خیر کوئی بات نہیں" کلثوم نے مظفر کے لہجے کی تلخی سے گھبراتے ہوئے کہا "کو سے کہنا وہ پڑوس کی پنجابن سے میرا نام لے کر پانچ دس روپے ادھار مانگ لے ــــ کل واپس کر دیں گے۔"

اور مظفر کے نیچے چلے جانے کے بعد کلثوم نے کمرے کے منقش در و دیوار پر ایک نظر ڈالی۔ چند لمحوں کے لئے قد آدم آئینے میں اپنے سراپا کا جائزہ لیا۔ پھر پلنگ کے اطلسی بستر کی شکنیں درست کیں اور تکئے کا سہارا لیکر اس پر نیم دراز ہو گئی۔ لیٹے لیٹے وہ رگ رگ میں ہلکا ہلکا سکون محسوس کرنے لگی بے خواب آنکھوں میں غنودگی کی میٹھی میٹھی لہریں چلنے لگیں اور اسی عالم میں وہ بے خبر ہو کر سو گئی رہی اس وقت تک سوتی رہی جب تک ٹیکسی کے ہارن کی آواز نے اسے ایکا ایکی چونکا دیا۔

ہارن کی آواز سن کر وہ ایک دم ہڑبڑا کر اٹھی اور ایک لمحہ کے لئے اسے اپنی اس غفلت پر افسوس کا احساس بھی ہوا کیونکہ اس طرح اچانک سو جانے سے نہ تیں ساڑھی ڈھلک

گئی تھی اور خوشبو میں رچے ہوئے سیاہ گھنگریالے بال بے ترتیب ہو گئے تھے۔ وہ آئینے کے سامنے جا کر جلدی جلدی اپنے آپ کو سنوارنے لگی اور اتنے میں پیچھے سے کمونے آکر اطلاع دی کہ کوئی صاحب ملنے کے لئے آئے ہیں اور کلثوم چند لمحوں تک بالوں کی لٹوں کو ٹھیک طور پر جمانے کے بعد کہنے لگی۔

"انہیں اوپر لے آؤ نا یہاں کھڑے میرا منہ کیا دیکھتے ہو ——؟"

اور کچھ دیر بعد بڑے قیمتی مغربی لباس میں ملبوس اُبھرے بدن کا ایک خوبصورت کشمیری نوجوان اوپر آگیا۔ کلثوم نے بڑی گرم جوشی کے ساتھ اس سے مصافحہ کیا نوجوان سامنے کے کوچ پر بیٹھ گیا اور کلثوم پلنگ پر بیٹھتے ہوئے بڑے کاروباری انداز میں چلائی

"ارے او کمو جلدی سے پان وغیرہ لا دو نا ——"

"جی! ذرا دم تو لینے دیجئے پانوں کی بھی ایسی کیا جلدی ہے" کشمیری نوجوان کل کی نسبت آج کچھ بے جھجک ہو کر بات کر رہا تھا۔

"واہ جی واہ۔ بڑے بھے سفر سے آئے ہو نا پیدل چل کر ——" اور کلثوم کی اس بات پر وہ دونوں کھلکھلا کر ہنس پڑے۔

"کہئے آپ کا مزاج تو اچھا ہے۔" کلثوم نے نئے سرے سے سنجیدگی اختیار کرنے کی کوشش کرتے ہوئے کہا۔

"آپ کی نوازش ہے"

اور کلثوم کشمیری نوجوان کے اس جواب سے اپنی سنجیدگی کو کو اور زیادہ گہرا کرتے ہوئے بولی: "دیکھیے نا ہمیں اپنی زندگی میں قدم قدم پر جھوٹ بولنا پڑتا ہے۔"

" جھوٹ " نوجوان نے حیران ہو کر پوچھا

" جی ہاں جھوٹ ــــ اب دیکھیے نا آپ نے بالکل ایسے ہی کہہ دیا ہے آپ کی نوازش ہے حالانکہ آپ کے مزاج کے سلسلے میں ابھی میری نوازش کا سوال ہی نہیں پیدا ہوتا ــــ "

نوجوان کا شرمیلا پن یہاں پھر آڑے آ گیا اور وہ کوشش کے باوجود کچھ نہ کہہ سکا

" نہیں ۔ اس میں گھبرانے کی کوئی بات نہیں ہے ــــ " کلثوم نے نوجوان کو تسلی دینے کے لہجہ میں کہنا شروع کیا " میں نے کہا نا کہ ہمیں اکثر اوقات رسمی طور پر بھی جھوٹ بولنا پڑتا ہے ۔ حالانکہ ہماری نیت بھی نہیں ہوتی اور ہم چاہتے بھی نہیں پھر بھی جھوٹ بولتے ہیں " پھر اتنا کہتے کہتے اس کی سنجیدگی ایک شریری مسکراہٹ میں بدلنے لگی ۔

" جی ہاں آپ سچ کہتی ہیں " نوجوان نے تائید کے طور پر سر ہلاتے ہوئے کہا ۔

" سچ ــــ اور جھوٹ ــــ میرا تو خیال ہے ان دونوں میں کوئی ایسا فرق بھی نہیں " کلثوم نے پھر مسکراتے ہوئے جملہ کسا اور نوجوان اس بات پر گھبرا ہو گیا جیسے اس نے کلثوم سے بڑے پتے کی بات سن لی ہو ۔

اتنے میں گھروالوں کی بجائے مٹھائیوں کی پلیٹوں اور تازہ پھلوں کے ساتھ چائے کا سیٹ لے کر اوپر آ گیا ۔

" ارے آپ نے تو بڑا تکلف کیا ہے " بے ساختہ نوجوان کے منہ سے نکل گیا ۔

" تکلف کاہے کا ــــ یہ تو آپ کا گھر ہے صاحب ــــ " اور یہ کہتے کہتے کلثوم کے حلق سے قہقہے کی پھلجھڑی پھوٹ نکلی ، مگر وہ ہنستے ہنستے یک

نت رک گئی ۔ جیسے کمرے میں مظفر کی غصیلی آواز گونج پڑی ہو ۔ "بلاوجہ جھوٹ بولنے کی کیا ضرورت ہے ۔"

سچ اور جھوٹ ۔۔ جھوٹ اور سچ ۔۔ دو سپولوں کی طرح یہ لفظ اس کے دماغ میں پیچ و تاب کھانے لگے ۔

کلثوم اور وہ کچھ دیر تک چائے پیتے رہے ۔ اور اس کھانے پینے کے ساتھ ساتھ ادھر اُدھر کی باتیں بھی ہوتی رہیں ۔ باتوں باتوں میں کلثوم نے پھر اپنی عارضی سنجیدگی کے ساتھ اپنا ذکر چھیڑ دیا ۔ وہ بتانے لگی کہ جب سے کیپٹن صاحب آسام چلے گئے ہیں اس کی شامیں بہت بے کیف گزرتی ہیں ۔ وہ شہر کے بہت ہی کم لوگوں سے گھلتی ملتی ہے ۔ اور اس شہر کے لوگ اسے ویسے بھی کچھ زیادہ پسند نہیں ہیں ۔ کیونکہ وہ کسی کے جذبات کا بجا طور پر احترام کرنے کے قابل نہیں ہیں ۔ خواہ مخواہ بات کا بتنگڑ بنا دینا ان کے دائیں ہاتھ کا کرتب ہے اس چیز نے اسے تنہائی پسند بنا دیا ہے ۔

وہ آپس میں باتیں ہی کر رہے تھے کہ اتنے میں مظفر بھی اپنے مخصوص لباس کی بجائے ریشمی سوٹ پہن کر اوپر آگیا ۔ کلثوم نے مظفر کا تعارف کراتے ہوئے کشمیری نوجوان سے مخاطب ہوکر کہا ۔ "یہ میرے قریبی رشتہ دار ہیں مظفر صاحب بڑے اچھے آدمی ہیں ۔"

اور کشمیری نوجوان نے کوچ سے اُٹھ کر اس بڑے اچھے آدمی کے ساتھ بڑی اچھی طرح مصافحہ کیا اور پھر مظفر نے جیب سے گولڈ فلیک کی نئی ڈبیا میں سے ایک سگریٹ نکال کر اپنے مہمان کو پیش کیا اور اسے سلگوانے کے بعد خود کلثوم کے پاس ہی پلنگ پر بیٹھ کر اپنا سگریٹ جلانے لگا ۔

"آپ سگریٹ کی نسبت شاید سگار زیادہ پسند کرتے ہیں !"

کلثوم نے کشمیری کو سگریٹ کے کش لگاتے دیکھ کر کہا: "ضرورت ہو تو منگوا دوں۔"

"سگار۔ ہاں مجھے سگار پسند ہیں لیکن اس وقت ان کی کوئی ضرورت نہیں۔" اور یہ

کہنے کے ایک لمحہ بعد ہی کشمیری نوجوان کے حافظے میں جیسے یکایک کسی یاد کی کرن تھرک پڑی۔

"اچھا یہ بات ہے آپ نے کل مجھے کافی ہاؤس میں سگار پیتے ہوئے دیکھا ہوگا۔ جبھی تو ——

جبھی تو —— واللہ کیا نظر پائی ہے آپ نے۔"

اور کلثوم نے کشمیری نوجوان کی بات ان سنی کرتے ہوئے کہنا شروع کیا۔

"آپ نے واقعی مجھ پر بڑا احسان کیا ہے جو یہاں تک آنے کی زحمت فرمائی۔ آج میرا

دل کچھ غیر معمولی طور پر اداس ہے۔"

"اجی احسان کیا —— یہ تو آپ کی ذرہ نوازی ہے ——"

کشمیری نوجوان جھینپ جھینپ کر بڑے انکسار کے ساتھ کہہ رہا تھا: "سچ

پوچھئے تو کل کی مختصر سی ملاقات ہی میں مجھے آپ کے سلوک اور آپ کی گفتگو نے بے حد

متاثر کیا ہے۔"

"عنائت ہے آپ کی ورنہ کنیز کس قابل ہے۔" کلثوم نے بھی انکسار کا جواب انکسار

سے دینے کے بعد کہنا شروع کیا: "یہاں تو ابھی کافی گرمی ہے آپ کے سری نگر میں تو موسم

کافی خوشگوار ہوگا۔"

"جی ہاں کیا کہنے ہیں —— کبھی آیئے نا سری نگر میں۔"

"جی تو بہت چاہتا ہے —— شاید بہت جلد جانا بھی ہو۔"

"ضرور —— ضرور تشریف لایئے —— لیکن کب تک آئیں گی آپ۔"

"جب آپ بلائیں گے۔"

اور کلثوم کے اس جواب کو شرمندہ کرنے کی بجائے اس نے سادگی سے جواب دیا۔

" غریب خانے کے دروازے ہر وقت کھلے ہیں آپ کے لئے "۔

شکریہ ___ " کلثوم نے مسکراتے ہوئے کہا۔

" آپ کا دلی میں کب تک قیام رہے گا ؟ " مظفر نے بھی گفتگو میں شریک ہوتے ہوئے اپنے مہمان سے براہ راست سوال کیا۔

" خیال ہے کہ ابھی ہفتہ تک یہیں رکنا پڑے گا "۔

اور اس کے بعد کچھ دیر تک مظفر اور کشمیری نوجوان کے درمیان سری نگر اور سری نگر کے شاعروں کی باتیں ہوتی رہیں۔ پھر کمو پان لے کر آگیا۔ اور اس نے سب کو پان پیش کرنے کے بعد جاتے جاتے بجلی کا بلب بھی روشن کر دیا۔ جس سے شام دھندلکے میں لپٹی ہوئی کمرے کی فضا ایک دم کھلکھلا کر جگمگا سی اٹھی۔

" اوہ کافی وقت ہو گیا ہے ___ " کشمیری نوجوان نے اپنی کلائی کی طلائی رسٹ واچ پر نظر دوڑاتے ہوئے کہا " سوا سات بج گئے ہیں۔ معاف کیجئے میں نے آپ لوگوں کا کافی وقت ضائع کیا "۔

" آپ کا خیال ہے اس جملے کے بعد آپ یہاں سے جا سکیں گے " کلثوم نے مسکراتی ہوئی آنکھوں کو مٹکاتے ہوئے جواب دیا۔

" ابھی کچھ دیر اور رکئے ۔ کوئی زیادہ وقت تو نہیں ہوا " مظفر بھی کلثوم کی تائید کرتے ہوئے بولا۔

کشمیری نوجوان خاموش رہا۔ اور کلثوم پھر سنجیدہ ہو کر کہنے لگی۔

" شاید آپ یہاں کے گھٹے گھٹے ماحول میں الجھن محسوس کرنے لگے ہیں "

"نہیں نہیں ـــــ میں بالکل ٹھیک ہوں ۔" کشمیری قدرے گھبراہٹ سے بولا۔

"نہیں اس میں چھپانے کی کیا بات ہے۔ یہ الجھن تو مجھے کبھی محسوس ہو رہی ہے اور آج تو ویسے بھی طبیعت نڈھال سی ہے ـــ"

"تو پھر ـــ" مظفر نے بڑے معنی خیز انداز سے سوال کیا

"جی چاہتا ہے کہ نئی دلی چلیں۔" کلثوم نے خود ہی اپنی الجھن کا حل تجویز کیا۔

"ہاں ہاں چلئے۔ مجھے بھی نئی دلی ہی جانا ہے۔" کشمیری نوجوان نے اشتیاق اور مسرت سے ملے جلے لہجے میں کہا۔

"اور" مظفر نے پھر اسی انداز میں پوچھا "لیکن وہاں کیا ہوگا"

"ہونا ہوانا کیا ہے ـــ" کلثوم کہنے لگی "اگر موڈ ہو تو کچھ دیر کے لئے کسی بار میں بیٹھ جائیں گے"

کلثوم کی اس بات سے کشمیری نوجوان ایک لمحہ کے لئے چونک سا گیا۔

"کیوں آپ کو اس میں کچھ اعتراض تو نہیں۔" کلثوم نے اس چونکاہٹ کو حیرت سے دیکھتے ہوئے پوچھا اور کشمیری نے قدرے تأمل سے جواب دیا "نہیں اعتراض کی کیا گنجائش ہو سکتی ہے۔"

"تو میرا خیال ہے چلیں۔"

"چلئے ـــ"

اور وہ تینوں اپنی اپنی جگہ سے اٹھ کھڑے ہوئے۔ کلثوم نے الماری میں سلولائڈ کا فیلا پرس نکال لیا

اور پھر تینوں نیچے آ گئے۔

گلی کے نکڑ پر ہی انہیں خالی ٹانگہ مل گیا اور بیس پچیس منٹ کے مختصر سے وقفے کے بعد ہی وہ کیناٹ پلیس میں سوائے بار کے کیبن میں تھے۔

نیچے بار کے چھوٹے سے ہال میں ایک مدراسی حسینہ مغربی لباس پہنے مٹک مٹک کر ناچتی ہوئی کوئی پنجابی گیت گا رہی تھی اس کے ارد گرد جیسے کئی تشنہ آلود بھوکی نگاہوں نے گھیرا ڈال رکھا تھا، لیکن یہ تینوں اس بے ہنگم رقص اور گیت سے بے نیاز ہو کر سکاچ کے گھونٹ حلق میں اتارنے لگے دوسرا پیگ پی لینے کے بعد ہی کلثوم کے لہجہ میں کلیاں سی چٹکنے لگیں۔ وہ چہک چہک کر بولنے لگی۔

"بھئی —— خدا کی قسم بڑے ہی دنوں کے بعد آج پینے کا مزا آ رہا ہے"

"اور سچی بات تو یہ ہے کہ پینے کا مزہ اچھی صحبت ہی سے حاصل ہوتا ہے۔"

کشمیری نوجوان اور مظفر بڑی خاموشی سے تائید کے طور پر سر ہلانے لگے۔

لیکن دوسرے لمحہ بعد کلثوم بھول گئی کہ ابھی ابھی وہ کیا کہہ چکی ہے اور پھر کچھ اس ڈھنگ سے شراب کی خوبیاں گنوانے لگی جیسے کوئی رٹا ہوا سبق سنا رہی ہو۔ کلثوم اپنی عادت کے مطابق سرور میں آ کر بولتی گئی اور مظفر اور کشمیری سگریٹ کے لمبے لمبے کش لگا کر ہر بات کو سراہتے رہے۔ مدراسی حسینہ کا رقص ختم ہو چکا تھا گیت کے بول ہال کی خاموشی کے سینے میں گم ہو گئے تھے۔ گیارہ سے زیادہ کا وقت ہو چکا تھا۔ بار کی کرسیاں ایک ایک کر کے خالی ہو رہی تھیں بھوکی نظروں کا گھیرا ٹوٹ چکا تھا۔ کلثوم نے اپنی کیبن سے جھانک کر نیچے ہال کی طرف نظر دوڑائی اور پھر اپنے گلاس کی بچی ہوئی شراب غٹا غٹ چڑھاتے ہوئے بولی۔ "میرا خیال ہے اب ہمیں چلنا چاہئے کافی وقت ہو چکا ہے۔"

"ہاں آپ ٹھیک فرما رہی ہیں۔" کشمیری نوجوان نے اپنی نشہ آلود آواز میں خواہ مخواہ متانت اور توازن پیدا کرنے کی کوشش کرتے ہوئے جواب دیا۔

"تو آپ لوگ ایک ایک پیگ تو اور لیجئے گا ـــــ"

"نہیں اب کوئی ضرورت نہیں ـــــ میں تو ویسے ہی اپنی مقدار سے بہت زیادہ پی گیا ہوں" کشمیری نے کہا۔

"نہیں نہیں صاحب ـــــ ایک پیگ اور پی لینے سے کیا فرق پڑ جائے گا۔ اور پھر اس نے کسی جواب کا انتظار کئے بغیر بیرے کو آواز دیدی۔

بیرہ جب تین مختلف گلاسوں میں ایک ایک پیگ اور لے آیا تو کلثوم نے اسے بل لانے کا مطالبہ بھی کر دیا۔ اور آخری پیگ کے پینے کے دوران ہی بیرہ بل لے کر آ گیا۔ ایک لمحہ کے لئے تینوں خاموش رہے اور بیرہ بھی بڑی خاموشی سے کھڑا رہا اس کے بعد کلثوم نے مظفر کے چہرے پر سوالیہ نظر دوڑاتے ہوئے کہا۔

"اچھا ـــــ تو بل آ گیا"

"جی صاحب ـــــ" بیرے نے جیسے طنز اور بار کے روایتی آداب سے ملے جلے انداز میں جواب دیا۔

"بھئی بل ادا کر دیجئے ـــــ" کلثوم نے بڑی ہمت سے اپنی سوالیہ نظر کو الفاظ میں منتقل کرتے ہوئے کہا۔

"بل" کشمیری نوجوان بڑبڑاتے ہوئے بولا "مجھے تو علم نہیں تھا کہ یہاں آنے کی بھی نوبت آئے گی ورنہ میں انتظام کر کے آتا۔"

کلثوم کے چہرے پر ایک لمحہ کے لئے پریشانی کا غبار سا پھیلا لیکن دوسرے ہی

تو بعد اس نے بڑے اعتماد اور وقار سے بیرے سے مخاطب ہو کر کہا: "لاؤ بل لاؤ، دستخط کیے دیتی ہوں ۔۔۔ منیجر سے بول دینا کل پے منٹ ہو جائے گی ۔"

"ہاں کل تو بہرحال انتظام ہو جائے گا۔" کشمیری نوجوان ایک دفعہ پھر بڑبڑایا۔

اور بیرہ خاموشی سے کلثوم کے دستخط کروا کر بل واپس لے گیا جیسے کچھ ہوا ہی نہیں لیکن بیرہ شاید واپسی پاؤں ہی پلٹ آیا۔

"کیوں کیا بات ہے؟" کلثوم نے بیرے سے سوال کیا۔

"صاحب نہیں مانتا۔ کیش پیسہ مانگتا ہے۔" بیرے نے جھجک جھجک کر جواب دیا۔

"لیکن میں نے دستخط جو کر دئے ہیں۔"

"صاحب نے بل واپس بھیج دیا ہے ۔۔۔ بولتا ہے ہم آپ کو نہیں جانتا۔"

"ہوں نہیں جانتا ۔۔۔" کلثوم جھلاہٹ اور پریشانی میں تیز ہو کر بولنے لگی "روز کے آنے والے ہیں اور پھر بھی نہیں جانتا۔"

مظفر نے کھوئی کھوئی نظروں سے کلثوم کی طرف دیکھا لیکن وہ اسی لہجہ میں بیرے پر برس رہی تھی "تم ایک دفعہ پھر نیچے جاؤ۔ اور اپنے صاحب سے کہو کہ وہ خود اوپر آکر بات کرے"

"صاحب اوپر نہیں آسکتا۔" اب کے بیرے کے لہجہ میں بھی تحکم پیدا ہو گیا تھا۔

"ہوں ۔۔۔ یہ بات ہے" کلثوم کے ماتھے کی لکیریں جلدی جلدی پھیلنے اور سکڑنے لگیں۔

"آپ نے اگر پہلے بتا دیا ہوتا تو میں بالکل خالی جیب کے ساتھ تو یہاں تک نہ آتا۔" کشمیری نوجوان بڑی سنجیدگی اور غصے سے کہہ رہا تھا۔ "میں بیرے کو اپنی یہ سونے کی رسٹ واچ دے دیتا ہوں ۔۔۔ کہ کم از کم یہ ذلت میرے لئے تو ناقابل برداشت ہے۔"

"واقعی ناقابل برداشت ہے۔" مظفر نے بھی بڑے رنج اور غصے سے کہا۔

"لیکن آپ گھڑی کلائی سے بندھی رہنے دیجئے۔" کلثوم نے شیری نوجوان کی کلائی پر گھڑی بندھے دیکھ کر کہا "میں خود نیچے جا کر نپٹ لیتی ہوں۔"

"نہیں نہیں آپ نیچے نہ جائیے ——— میرا خیال ہے منیجر نہیں مانے گا۔"

"آپ مطلقاً نہ گھبرائیے۔ میں ابھی آتی ہوں۔" اور یہ کہتے ہوئے وہ لڑکھڑاتی ہوئی بیرے کے ساتھ نیچے چلی گئی۔

شاہد اور کشمیری کے چہروں پر ایک مبہم سی سنجیدگی نے اپنے پنکھ پھیلا دیے۔ وہ خالی خالی نگاہوں سے ایک دوسرے کو دیکھ رہے تھے لیکن دراصل ان کی تمام توجہ کلثوم کی طرف تھی جو نیچے منیجر سے بڑے دھیمے دھیمے لہجے میں کھسر پھسر کر رہی تھی۔

ایسا معلوم ہوتا تھا جیسے کلثوم کے بار بار تعارف کرانے کے باوجود منیجر اس سے ناواقفیت کا اظہار کر رہا ہے۔ بہرحال چند منٹوں بعد کسی نہ کسی طرح کلثوم معاملہ نپٹا کر اوپر آگئی لیکن اس کے چہرے پر کوئی تلخ احساس کپکپا رہا تھا۔ جیسے نیچے اس کے ارغوانی ہونٹوں کی مسکراہٹ پر زہر چھڑک دیا ہو۔ اس نے کرسی پر بیٹھتے ہی کچھ ایسی گھبراہٹ اور شدت سے اپنا گلاس منہ سے لگا لیا۔ جیسے سچ مچ سے اس زہریلی تلخی کو دھو ڈالنا چاہتی ہو۔

تینوں جاوری گلاس پانچویں بار پھر خالی ہو چکے تھے۔ لیکن اب کے کلثوم کو ایک ایک پیگ اور منگوانے کی جرأت نہ ہو سکی اور وہ تینوں اس عالم مدہوشی میں بھی اپنے اندر ایک عجیب سا احساس ندامت لے کر چپ چاپ بار سے باہر آگئے۔

باہر تارکول کی لمبی، سیاہ اور بل کھاتی ہوئی سڑک، جیسے سانس روکے ہوئے لیٹی ہوئی تھی۔ کیناٹ پیلس کی بڑی بڑی عمارتیں کسی مندر کی مورتیوں کی طرح خاموش اور ساکن و مبہوت کھڑی تھیں۔ سڑک پر دور دور تک بجلی کے ٹمٹماتے ہوئے قمقموں کے

سوا کسی انسان کی صورت نظر نہیں آ رہی تھی فضا میں ایک پُراسرار خاموشی کی ہلکی ہلکی لہریں جیسے رک رک کر بہ رہی تھیں آدھی رات کو کناٹ پلیس ایک الف لیلوی جزیرے سے کم دکھائی نہیں دے رہا تھا۔

"میرے خیال میں تو اب آپ بھی ہمارے ساتھ ہی چلیے"۔ کلثوم نے باہر آتے ہی کشمیری سے کہا۔

"یہی بات میں خود آپ سے کہنا چاہتا تھا۔ کیونکہ جس ہوٹل میں میرا قیام ہے وہ یہاں سے زیادہ دور نہیں"

"نہیں اس وقت آپ کے ساتھ ہمارا ہوٹل میں جانا ٹھیک نہیں۔" مظفر نے بڑے کاروباری انداز میں اپنے اندیشے کا اظہار کیا۔

"ہاں۔ ہاں مظفر صاحب ٹھیک کہتے ہیں۔ کوئی بات نہیں کل رات ہم آپ کے مہمان ہوں گے۔"

اور کشمیری نوجوان نے اپنے مخصوص بھولپن سے کہا۔

"تو کل ضرور آنا ہوگا۔ دیکھیے بھول نہ جایئے گا۔"

"یقیناً حاضر ہوں گے۔" مظفر نے لفظ بلفظ پر خاص طور پر زور دیا۔ اور اس کے بعد وہ تینوں تانگے پر سوار ہو گئے۔ مظفر اگلی سیٹ پر بیٹھ گیا اور کلثوم اور کشمیری پچھلی سیٹ پر۔ ہلکی ہلکی کھلی سرد ہوا نے کلثوم کے مہکتے ہوئے تراشیدہ بال اس کے شانوں پر بکھرا دیے اور اس کی موٹی موٹی سیاہ آنکھوں کی طرح اب اس کا سارا جسم سرور اور مستی کے جھولے میں جھولنے لگا۔

کچھ دیر تک مظفر اور کلثوم بالکل خاموش رہے۔ کشمیری نے سوچا شاید یہ خاموشی

ہار کے ناخوش گوار حادثے کی وجہ سے ہے اس لیے اس نے کلثوم سے نہایت معذرت آمیز انداز میں کہا۔

"دیکھیے، کل میرے ہاں آنا مت بولنے آج جو کچھ ہوا ہے اس کیلئے مجھے بے حد افسوس ہے۔ آپ نے کل اگر ذرا بھی اشارہ دیا ہوتا تو میں خالی جیب نہ آتا ——— خیر کل تلافی ہو جائے گی ———۔"

لیکن کلثوم نہایت بے پروائی سے یہ سب سنتی رہی۔ جب کشمیری خاموش ہو ہو گیا تو وہ اپنے آوارہ بالوں کی ایک لٹ ہاتھ میں لے کر کہنے لگی۔

"دیکھیے ——— ادھر دیکھیے میرے بالوں کی طرف ——— آج تو میں بالکل نرگس دکھائی دیتی ہوں ———" اور نشے میں مدہوش ہو کر اس نے اپنا ہاتھ کشمیری کے بازو پر رکھ دیا اور پسر اندھیرے میں اس نرم و نازک ہاتھ کے تھر تھراتے ہوئے لمس سے کشمیری کو یوں محسوس ہوا جیسے اس ہاتھ میں کلثوم کا دھڑکتا ہوا دل سمٹ آیا۔

کشادہ سڑکوں۔ ایک بلے سے بے رونق بازار اور پھر کچھ تنگ و تاریک گلیوں سے نکل کر وہ اپنی منزل مقصود تک پہنچ گئے۔ تانگے سے اترتے ہی کلثوم نے مظفر سے کہا کہ اندر سے تانگے والے کے لئے کچھ پیسے لا دو، اور خود کشمیری نوجوان کے ساتھ بالائی منزل پر آگئی۔ کمرے کی ترتیب جوں کی توں تھی۔ چند لمحوں تک وہ خاموشی سے صوفوں پر بیٹھے بیٹھے خلا میں گھورتے رہے ۔ اور پھر حفیظ نہایت خاموشی سے کھانے کے دو تھال میز پر رکھ کر واپس چلا گیا۔ دونوں نے بڑی بے دلی سے چند لقمے کھائے اور پھر کھانے کے برتن کلثوم نے میز کے نیچے رکھ دیے۔۔ اور کمرے کے ماحول میں بدستور ایک گہری خاموشی سانس لیتی رہی۔

اور پھر تھوڑی دیر بعد کلثوم نے بار کے منیجر کے سلوک پر تبصرہ شروع کر دیا وہ بہت جذباتی ہو چکی تھی۔ جیسے اور نشے میں منیجر کو گالیاں دینے لگی اور کشمیری ٹکٹکی لگا کر اس کی موٹی موٹی آنکھوں کی طرف دیکھنے لگا جن میں نشے کی افراط کی وجہ سے ایک عجیب و غریب قسم کی وحشت ٹپک رہی تھی۔ لیکن کشمیری کو نہ جانے کیوں اس وقت اس سراسیمگی میں بھی ایک دل نواز اور پیار بھری کشش نظر آئی۔

"آپ یہاں بستر پر آ جائیے — آرام سے بیٹھیے۔"

"اور آپ —"

"میری فکر نہ کیجئے۔ میں ٹھیک ہوں —"

کشمیری اس کے جواب میں کچھ کہے بغیر چپکے سے بوٹ اتار کر بستر پر لیٹ گیا۔

"مظفر صاحب کو آپ نے دیکھا ہے نا —" کلثوم نے سنجیدگی کے ساتھ ایک دفعہ پھر گفتگو کا آغاز کیا۔

"جی ہاں — جی ہاں — اب وہ کہاں چلے گئے —"

"نیچے سو گئے ہوں گے — آپ نے محسوس کیا ہو گا بڑے خاموش طبع انسان ہیں —"

کشمیری نوجوان پلنگ پر لیٹے لیٹے بڑی توجہ سے کلثوم کے ایک ایک لفظ کو سن رہا تھا۔

"بیچارے آج کل بری طرح پریشان ہیں —"

"پریشان ہیں" کشمیری نے حیران ہو کر پوچھا "پریشانی کس بات کی —"

"دیکھئے نا۔ ہر آدمی کے ساتھ کچھ مجبوریاں ہوتی ہیں۔ میرا اپنا خرچ کافی ہے —

تاہم جو کچھ مجھ سے ہو سکتا ہے کرنے سے گریز نہیں کرتی۔ لیکن پھر بھی مظفر صاحب مالی طور پر ضرورت مند ہی رہتے ہیں —۔ کلثوم خواہ مخواہ چھوٹی سی بات کو طول دے رہی تھی۔ آخر میں اس نے نہایت وضاحت سے اپنے مقصد کا اظہار کر دیا "اگر ہو سکے تو آپ ان کی کچھ مالی امداد ضرور کر دیجئے —۔"

اور کلثوم کی اس بات سے کشمیری کے بھولے بھالے، شاداب اور گلنار چہرے پر ایک لمحے کے لئے ہلکی سی پریشانی کی چھاپ پڑی لیکن فوراً ہی اپنے آپ کو سنوارتے ہوئے اس نے کہا۔

"میں نے عرض کیا نا۔ آج تو میں کچھ بھی ساتھ لے کر نہیں آیا۔ اگر آپ فرمائیں تو چیک کاٹ دوں۔"

"نہیں نہیں۔ کوئی ایسی جلدی تو نہیں — کل شام کو ہم آ جو رہے ہیں آپ کے ہوٹل میں۔"

"ہاں تو ٹھیک ہے —" کشمیری نے بڑے اطمینان سے کہنا شروع کیا۔ "کل یہ آپ کے ساتھ ہوں گے ہی۔ اس وقت میں جو بھی خدمت کر سکوں گا کر دوں گا اور ہاں سرینگر کے کچھ شال بھی تحفہ کے طور پر آپ کی نذر کرنا چاہتا ہوں۔"

"لیکن خیر یہ سب کچھ کل ہی ہوگا —۔"

"ہاں اب آرام کرنا چاہئے —" یہ کہہ کر کلثوم اٹھ کر آئینے کے سامنے آ کھڑی ہو گئی۔

"تو اب آپ —" کشمیری کوئی بات کہتے کہتے رک گیا۔

"ہاں اب میں بھی آرام کرنا چاہتی ہوں" اور وہ کشمیری کے پاس ہی بستر

پر بیٹھ گئی۔

" نہ جانے کیا بات ہے۔" کلثوم نے مسکراتے ہوئے ہونٹوں اور مسکراتی ہوئی آنکھوں سے کشمیری کی طرف دیکھتے ہوئے کہا۔ " نہ جانے کیا بات ہے کہ پہلی ہی ملاقات میں مجھے آپ نے موہ لیا ہے۔" اور پھر اس نے اپنا سر کشمیری کے سینے پر رکھ دیا۔ " خدا گواہ ہے میں نے زندگی میں آج تک کسی غیر مرد کے ساتھ رات بسر نہیں کی۔ لیکن نہ جانے کیا بات ہے"۔

وہ کشمیری کے بالوں کو سہلاتے ہوئے بڑبڑا رہی تھی۔ کشمیری نوجوان نے کلثوم کی اس بات کے جواب میں اس کے بھرے ہوئے گداز جسم کو اپنی باہوں کے حلقے میں لے لیا۔

صبح کلثوم کے بیدار ہونے سے پہلے ہی کشمیری نہا دھو کر فارغ ہو چکا تھا۔ مظفر نے اسے ناشتہ وغیرہ کرنے کے لیے کافی اصرار کیا لیکن وہ نہ رکا کہنے لگا۔ ہوٹل میں کچھ بیوپاریوں کو ملنے کا وقت دے رکھا ہے تاہم جاتے جاتے اس نے مظفر کو شام کو جلد ہی پہنچنے کی تاکید کر دی اور اپنے ہوٹل کا نام اور کمرے کا نمبر بھی نوٹ کرا دیا۔

پورے چوبیس گھنٹے بعد کلثوم پھر سرِ شام ہی میک اپ سے فارغ ہو گئی۔ بالکل ایک شوروم کی طرح اس نے اپنے جسم کو سجا لیا۔ مظفر نے بھی اپنے مخصوص لباس کی بجائے وہی کل کا سوٹ زیب تن کر لیا اور دونوں کیناٹ پلیس کے اس ہوٹل میں پہنچ گئے جہاں کشمیری نوجوان مقیم تھا۔

ہوٹل کے اندر داخل ہوتے ہی وہ منیجر کے کمرے میں چلے گئے۔ عینک کے پتلے پتلے شیشوں کے پیچھے مسکراتی ہوئی آنکھوں کے ساتھ گنجی کھوپڑی کے منیجر نے انہیں تشریف رکھنے کے لیے کہا، لیکن مظفر نے کھڑے کھڑے ہی جیب سے ایک میلے

سے زنگ کے کاغذ کا پرزہ نکال کر ایک لمحہ کے لیے دیکھا۔

" کیوں صاحب پینتیس نمبر کا کمرہ کس طرف ہے؟ " دوسرے ہی لمحہ لب اس نے سوال کر دیا۔

" پینتیس نمبر ــــ " عینک کے تپلے شیشوں سے ڈھکی ہوئی آنکھوں کی مسکراہٹ جیسے حیرت میں ڈوب گئی " اس نمبر کا کوئی کمرہ نہیں ہے یہاں۔"

" وہ جہاں وہ سری نگر کے شالوں والے کشمیری ٹھہرے ہوئے ہیں "

اور منیجر نے بدستور اسی حیرت آمیز لہجہ میں کچھ وقفوں تک سوچنے کے بعد کہا

" اس تمام ہوٹل میں کوئی کشمیری مسافر نہیں ہے "

منیجر کے اس جواب پر بھی کلثوم کے چہرے پر کوئی تبدیلی پیدا نہ ہوئی البتہ مظفر کے چہرے پر زہر آلود سنجیدگی کی دھندسی چھا گئی جس کے پیچھے شاید اس کی غصیلی اور گونجتی ہوئی آواز کلثوم سے پوچھ رہی تھی۔

" اب کیا ــــ کم بخت اب کیا ــــ میرے پاس تو اب گھر واپس جانے کے لیے بھی پیسے نہیں ہیں۔"

" شاید آپ لوگ غلطی سے یہاں آ گئے ہیں ــــ ہوٹل کا کیا نام لکھا ہے آپ نے ــــ " منیجر اپنی گنجی کھوپڑی پر ہاتھ پھیرتا ہوا بڑے ہمدردانہ لہجہ میں پوچھ رہا تھا۔

پندرہ روپے کے لئے

کافی کے گرم گرم میٹھے گھونٹ حلق میں اتارنے کے بعد افسانہ نگار ہریش ۔۔۔ نے چار مینار کا سگریٹ سلگا کر پہلا ہی کش لگایا۔ تو اُس کے تھکے تھکے زرد چہرے پر سکون اور طمانیت کی ٹھنڈی ٹھنڈی گلابی لہریں دوڑنے لگیں، جیسے طویل سفر کے بعد کوئی تھکا ہوا راہی اپنی منزل کے سایہ دار شجر کے تلے دم لے رہا ہو۔

"یار! یہ شراب بھی عجیب چیز ہے۔"

سکون و اطمینان کی لہروں میں ہلکے ہلکے تبسم کے ننھے مُنے چراغ ٹمٹما رہے تھے اور اُس کی ٹیبل کے گرد بیٹھے ہوئے اس کے خوش فکر نوجوان ساتھی جیسے ایک دم گہری نیند سے چونک اٹھے۔ کافی ہاؤس کی پُر شور فضا میں کافی پیتے پیتے اچانک شراب کا ذکر کرنا واقعی چونکا دینے والی بات تھی۔

"ابھی کچھ دنوں کی بات ہے۔" ہریش نے اپنے دوستوں کے متحیر چہروں پر

ایک مٹھی سی نگاہ ڈالتے ہوئے کہا: خاکسار کی جیب میں پیسے کافی تھے اور دل میں شراب پینے کی خواہش بھی۔ لیکن مصیبت یہ ہے کہ میں تنہا نوشی سے بہت گھبراتا ہوں۔ اکیلے پینے کے تصور ہی سے مجھے وحشت ہونے لگتی ہے۔ جیسے شراب کی بجائے کوئی کڑوی دوائی پی رہا ہوں۔ شراب میرے نزدیک ایک مجلسی چیز ہے۔"

"تو کیا آج ہمیں شراب پر کوئی لیکچر پلانے کا ارادہ ہے؟" ہریش کے پہلو میں بیٹھے ہوئے نریشی نے اکتاتے ہوئے پوچھا۔

لیکن ہریش جیسے آج کسی طرح پریشان ہونے کے لئے آمادہ نہیں تھا۔ اس نے نریشی کے شانے پر اپنے بازو کو پھیلاتے ہوئے کہا۔

"ہائے کمبخت تونے پی ہی نہیں — مگر ذرا صبر کر میری جان! میں شراب کے ساتھ ساتھ اُس چیز کا بھی ذکر کرنے والا ہوں جو تیرے اعصاب پر شراب کے نشے کی طرح چھائی ہوئی ہے۔ ہاں تو میں کہہ رہا تھا۔ مجھے کسی ہم پیالہ کی تلاش تھی۔ تم لوگ یقین نہیں کرو گے اس روز میں شام کے ساڑھے چھ بجے تک کافی ہاؤس میں بور ہوتا رہا۔ لیکن یہاں کوئی کام کا آدمی نہیں آیا۔ پھر رات کے دس بجے تک کناٹ پلیس کے تین مختلف باروں میں، میں نے سولن کے تقریباً پانچ بڑے پیگ پئے ہوں گے۔ لیکن تینوں شراب خانوں میں ایک بھی یارِ طریقت نظر نہیں آیا۔"

ہریش سگریٹ کی راکھ جھاڑتے ہوئے ایک طویل کش لگا کر پھر بولنے لگا: "اس کے بعد میں بیزار ہو کر بے اختیار اور بے مقصد کناٹ پلیس میں گھومنے لگا۔ بجلی کے خاموش قمقمے جا بجا جگمگا رہے تھے۔ لیکن سیاہ سڑکیں سنسان تھیں۔ بالکل میرے دل و دماغ کی طرح جہاں سولن کے پانچ پیگوں کے سرور نے اپنے نورانی نکھار تو

بجھا دیتے تھے۔ لیکن اس کے ساتھ ساتھ تنہائی کے احساس کو اور زیادہ گہرا اور شدید کر دیا تھا۔

چلتے چلتے اچانک میں نے دیکھا کہ میرے آگے ہلکے سُرخ رنگ کی ساڑی پہنے ہوئے ایک دراز قد دبلی پتلی خاتون بھی چل رہی ہے جس کے ہاتھ میں سلولائیڈ کا پرس بھی لٹک رہا تھا۔" اور ہرنش اتنا کہہ کر ایک لمحے کے لیے کنکھیوں سے ترشی کی طرف دیکھنے لگا۔ ہرنش کو ترشی کی طرف متوجہ دیکھ کر آنند اور کمار بھی اُسے دیکھنے لگے اور اپنے آپ کو سب کا مرکز نگاہ بنتے دیکھ کر ترشی کے سفید، بے داغ اور کشمیری چہرے پر ایک عجوب سی مسکراہٹ پھیلنے لگی۔

" لباس سے وہ خاصی پڑھی لکھی اور کسی متمول گھرانے کی عورت معلوم ہوتی تھی۔" ہرنش نے اپنی بات جاری رکھتے ہوئے کہا۔" اور اُس کی چال میں بالکل شہزادیوں کا سا بانکپن تھا کچھ اس بے نیازی سے چل رہی تھی جیسے کیناٹ پلیس کی تمام سڑکیں اُس کی ذاتی ملکیت ہوں اور ان سڑکوں کے ایک ایک زاویے اور خم کو وہ اپنی برتری اور ملکیت کا احساس دلا رہی ہو۔ ایک موڑ پر جب میں نے اُس کے چہرے کی جھلک دیکھی تو اس کا تعاقب کرنے کی خواہش اور بھی تیز ہو گئی شکل و صورت بھی کافی جاذب نظر تھی۔ کچھ دیر تک نہایت خاموشی سے میں اس کے پیچھے پیچھے چلتا رہا۔ اور جب کیناٹ پلیس کے اندر کے دائرے کے اردگرد پورا چکر کاٹنے کے بعد وہ اسی طرح بے نیازی سے چلتی رہی تو مجھے کچھ حیرانی بھی ہوئی اور شبہ بھی۔ اس اندھیری رات میں ایک خوبصورت اور تنہا نوجوان لڑکی کے اس طرح گھومنے کا کیا مقصد ہو سکتا ہے؟ پہلے سوچا ہو سکتا ہے کسی کو ڈھونڈ رہی ہو۔ یا کسی کا انتظار کر رہی ہو۔ لیکن پھر خیال آیا، تلاش اور انتظار میں یہ بے پروائی

اور البیلا پن کہاں ہوتا ہے؟ وہسکی کا سُرور اب باہر کی کھلی ہوا میں تر و تازہ گلاب کی طرح کھل گیا تھا۔ اور میں اپنی نس نس میں ایک نشاط انگیز رومانوی مہک سی بہتی ہوئی محسوس کر رہا تھا۔ اور اس کے بعد ایک ہی لمحے۔ بس ایک ہی لمحے میں نہ جانے میرے دماغ میں ایسا کیا ہیجان پیدا ہوا کہ میں لپک کر اُس کے پاس آ گیا۔ اور انگریزی میں اُس سے کہا۔

"کیا آپ میرے ساتھ چائے کا ایک پیالہ پینا پسند کریں گی؟"

یہ الفاظ کچھ اس تیزی اور سرعت سے بے ساختہ میرے مُنھ سے نکل گئے۔ جیسے میری بجائے کوئی اور میری زبان سے بول گیا ہو اور اس سے پہلے کہ میں اپنی اِس جُرأت اور بیباکی کا احساس بھی کرتا اُس نے نہایت اندازِ بے نیازی سے، بڑے شگفتہ لب و لہجہ میں جواب دیا ۔۔۔

"مجھے کوئی اعتراض نہیں۔"

جیسے وہ اِس سوال کے جواب کے لیے پہلے ہی سے تیار تھی۔

ہرش نے ایک لمحے کے لئے جائزہ لیا۔ کافی ہاؤس کی گہما گہمی اور ہنگامہ خیز ماحول میں اُس کی ٹیبل کے گرد بیٹھے ہوئے نرنشی، آنند اور کمار بالکل مبہوت اور مسحور ہو کر گردش بر آواز تھے۔ اور اُس لمحے اُسے اپنے آپ پر صدیوں پہلے کے کسی ایرانی قصہ گو کا گمان ہوا جو سرِ عام مجمع لگا کر اپنے کمالِ فن کا مظاہرہ کر رہا ہو۔ وہ دل ہی دل میں اِس خیال پر ہنس پڑا۔

اب ہم ساتھ ساتھ چل رہے تھے۔ اُس کے جوان حسین اور گرماتے ہوئے جسم کی بھینی بھینی خوشبو کی آنچ جیسے میرے لہو تک گھُلتی جا رہی تھی۔ میرا دل ایک عجیب سی لذت کی شراب اپنی رگ رگ میں اُتار رہا تھا۔ خیالوں میں تو میں قربت تک۔ مگر

بکھر گئے تھے۔ اور پھر دو منٹ یا تھوڑی ہی دور چلنے کے بعد میں ایک چھوٹے سے خوبصورت چائے خانے کی بالائی کیبن میں آ گیا۔ اور وہاں جاتے ہی چائے کا آرڈر دے کر جب میری شراب آلودہ آنکھیں اس کی آنکھوں سے ٹکرائیں تو میرے ذہن میں قوسِ قزح کے رنگوں کے چراغ جیسے بجھ سے گئے۔ خون کی گردش تھم سی گئی۔ میں سہم سا گیا۔ اُس کے چہرے پر بہت ہی پُر وقار معصومیت تھی جس نے پہلی ہی نظر میں مجھے بُری طرح مرعوب کر دیا تھا۔ پھر بھی میں نے اپنے آپ پر قابو پاتے ہوئے اپنے لب و لہجہ میں بے تکلفی پیدا کرتے ہوئے کہا۔

"کیا میں آپ کا نام پوچھ سکتا ہوں؟"

بیرا چائے کی ٹرے لے آیا تھا۔ اور وہ اپنے نرم نرم ہاتھوں کی لمبی لمبی سیمیں انگلیوں سے چائے بنانے لگی تھی۔ اور میرا سوال گرم گرم چائے کی بھاپ میں تلملاتا ہوا رہ گیا تھا۔ اور وہ اس مختصر سے کیبن میں کسی معبد کی مقدس مورتی کی طرح معلوم ہو رہی تھی۔ اُس سے آنکھ ملاتے ہوئے بھی مجھے حجاب سا محسوس ہو رہا تھا۔ پھر بھی میں نے ایک بار پھر حوصلے سے کام لیا۔

"آپ رہتی کہاں ہیں — میرا مطلب ہے آپ کا شغل کیا ہے — اوہو، نہیں معاف کیجئے 'شغل'، میں نے بہت عامیانہ لفظ استعمال کر دیا — میرا مقصد ہے آپ کرتی کیا ہیں؟"

اور مجھے گھبرایا سا دیکھ کر اس کے چہرے کی معصومیت کی آوٹ میں مسکراہٹ کی ہلکی سی شرمیلی کرن تھرتھرا کر رہ گئی۔

"آپ مجھ سے میری ذات کے علاوہ کوئی بات کیجئے۔" فوراً ہی اُس نے کچھ

ایسی متانت سے جواب دیا جیسے مجھ سے ہمدردی کا اظہار کر رہی ہو۔

اس کے بعد میں نے بہت چاہا کہ کسی طرح پھر سے بات چیت کی ابتدا کروں لیکن اُس کی شخصیت، اس کی معصومیت اور اُس کی اِس بات کے تاثر نے مل جل کر مجھ پر جادو سا کر دیا۔ میرے ذہن و دماغ کا شیرازہ جیسے بکھر سا گیا۔ ایک اجنبی عورت سے اِس اچانک ملاقات کے بعد اُس کی ذات کے علاوہ اور کیا بات کی جا سکتی ہے؟ میں پریشان سا ہو گیا۔ لیکن وہ میری پریشانی سے قطعاً بے پروا ہو کر بہت اطمینان سے چائے کی چسکیاں بھرنے لگی۔ اور میں اور زیادہ پریشان ہو گیا۔ اس پریشانی میں میرے ذہن کی بانبی میں سے کئی چھوٹے چھوٹے اندیشے سر اُبھارنے لگے۔

عجیب پُراسرار عورت ہے کہیں یہ سب مول تول کے داؤ پیچ اور ہتھکنڈے تو نہیں۔ ہو سکتا ہے کوئی ماڈرن قسم کی آوارہ عورت ہو۔ اور کاروباری مصلحتوں کی بنا پر سیدھے سادے نوجوانوں کو اُلّو بنانے کے لیے اپنے دھندے پُرمعصومیت کی نقاب ڈالے ہوئے ہو۔ لیکن اُس کی معصومیت، بے نیاز اور دلفریب معصومیت چاندنی کی طرح سچی، اجلی، اور بے داغ تھی۔ پھر بھی آدھی رات کے اندھیرے میں اِس سج دھج اور بے تکلفی کے ساتھ اپنی معصومیت کی نمائش کرنے کی کیا ضرورت ہے۔ تو پھر ہو سکتا ہے اپنا دماغی توازن کھو چکی ہو۔ لیکن دیوانی ـــــ ایسی خوبصورت، خوش پوش اور تعلیم یافتہ عورت اپنی رفتار و گفتار، اپنے لب و لہجہ کی سنجیدگی اور شائستگی کے باوجود دیوانی کیونکر ہو سکتی ہے ایسا سوچنا بھی دیوانہ پن ہے۔

کہیں ایسا تو نہیں کہ گھر سے لڑ جھگڑ کر نکل آئی ہو۔ خودکشی کا ارادہ کر رہی ہو۔ یا میری طرح محض احساسِ تنہائی کو دُور کرنے کے لیے کچھ دیر کے لیے چہل قدمی ہی کی

غرض سے آگئی ہو۔ ایک دم خیال آیا کہ ایسی بھی تو ہو سکتا ہے کوئی خطرناک قسم کی مخبر ہو کسی مجرم کی تلاش و سراغ میں بھٹک رہی ہو۔ اور اگر یہ واقعی سی۔ آئی۔ ڈی کی کوئی آفیسر ہوئی تو پھر یقیناً کوئی آفت ڈھائے گی۔ اس بات کا تو اس نے اندازہ کر ہی لیا ہو گا کہ میں نے پی رکھی ہے۔ شراب پی کر راہ چلتی لڑکیوں کو چھیڑنا اور انھیں پریشان کرنا قانون کی نظر میں واقعی جرم ہے۔ اور کیا معلوم یہ ابھی ابھی مجھے گرفتار کروا دے۔ اور گرفتاری کے خیال ہی سے میرا سر تندہی سے گھومنے لگا۔

"بوائے۔۔۔!"

سریلی اور مترنم آواز کا ارتعاش کیبن میں لہریے بنانے لگا۔ اور میں نے واقعی خوفزدہ ہو کر نگاہ اوپر اٹھائی۔

"اب کیا ہو گا!"

میرے دل میں پوری قوت اور خطرے کے ساتھ یہ سوال گونج رہا تھا اور دل کی کانشس جیسے تیزی کے ساتھ ہانپتا، کانپتا ذہن کے زینے سے نیچے اترنے لگا۔ اس کا تقدس اور اس کی معصومیت یک لخت کسی حسین اور خوش رنگ ناگن کی طرح میرے حواس کو ڈسنے لگی۔

بیرہ آیا۔ اس نے بیرے کے ہاتھ سے بل لیا۔ پھر اپنے سلولائڈ کے پرس سے پیسے نکال کر بیرے کو دیئے۔ بیرے نے سلام کیا اور چلا گیا۔ یہ سب اتنی جلدی ہوا کہ میرا سراسیمہ اور خوف زدہ شعور اس سرعت کا ساتھ کبھی نہ دے سکا۔ اور میں بے وقوفوں کی طرح آسیب زدہ سا ہو کر سب کچھ دیکھتا رہا۔

اور اس کے بعد وہ اپنی جگہ سے اٹھی۔ نہایت ملائمت اور متانت کے ساتھ

اپنے دونوں ہاتھوں کو جوڑ کر بہت دھیمی سی آواز میں نمستے " کہا اور میری کسی بات کا انتظار کئے بغیر کیبن سے باہر چلی گئی ۔"

"چلی گئی ۔۔۔!" زتشی جیسے گہرے خواب سے چونکتے ہوئے ایک دم پھٹ پڑا۔

"ہاں واقعی چلی گئی پہلے تو میں نے سوچا، ابھی لوٹ آئے گی ۔خوف کے باوجود مجھے وہاں اُس کا انتظار کرتے رہنا اچھا معلوم ہوا ۔ میں نے آدھا پیکیٹ سگریٹ پھونک دیئے ۔لیکن وہ نہ آئی ۔"

اور یہ کہنے کے بعد ہریش ایک دم چپ ہو گیا ۔کھو سا گیا اور زتشی آنند اور کمار بھی اُسے خالی خالی ویران نظروں سے گھورنے لگے ۔

اُس دن کے بعد کیناٹ پلیس میں چلتے پھرتے مجھے جب اُس کا خیال آجاتا ہے تو میں راہ چلتی عورتوں کو دیکھنے لگتا ہوں ۔ لیکن وہ تو کیا ، اس کی شکل و شباہت جیسی لڑکی بھی نظر نہیں آتی ۔" ہریش بہت جذباتی ہو کر بولنے لگا "لیکن یار اُس لڑکی کے ملنے کی اتنی خوشی نہیں جتنا اس بات کا غم ہے کہ اس اتفاقیہ ملاقات سے کوئی بات نہیں بنی ۔"

" بات نہیں بنی ۔" زتشی کی پیشانی کی لکیریں سمٹ سی گئیں "ہاں واقعی بات تو نہیں بنی ۔ دراصل تم غیر معمولی طور پر بزدل اور ڈرپوک ہو ۔ ورنہ بات بننے میں تو کوئی کسر نہ رہ گئی تھی ۔ میرے خیال میں تمہارا پہلا اندیشہ بالکل درست تھا ۔ وہ ضرور کسی شکار کی جستجو میں ہوگی ۔ایسی لڑکیاں نئی دہلی کے مختلف مقامات پر اکثر گھوما کرتی ہیں ۔"

نہیں ہرگز نہیں ۔اُس کے چہرے کے معصوم خدوخال اب بھی ایک کتاب کی طرح میرے تصور کے سامنے کھلے ہوئے زتشی ! ہریش نے اس کی بات کاٹتے

ہوئے کہا۔ میں سچ کہتا ہوں اُس کی معصومیت بہت یاد آتی ہے۔ ایسی معصومیت میں نے اس سے پہلے کبھی کسی لڑکی کے چہرے پر نہیں دیکھی بات نہ بننے سے میرا مطلب یہ ہے کہ کاش وہ کچھ اس طرح ملتی کہ بات مکمل ہو جاتی۔ لیکن اس نے تو کوئی بات ہی نہیں کی "بات مکمل ہو جاتی — کیا کہہ رہے ہو تم" کمار نے بھی پریشان ہو کر کہا۔

"کبھی میرا مطلب یہ ہے کہ یہ ملاقات یا واقعہ بجائے خود بہت نامکمل پلاٹ ہے۔ بات بن جاتی اگر اس میں ادھورا پن نہ ہوتا۔ اور میں اسے کہانی کی شکل دے کر کسی اخبار یا رسالے کے مالک کے ہاتھ پندرہ روپے میں فروخت کر دیتا۔ تم نہیں جانتے کہ مجھے پیسوں کی کس قدر ضرورت ہے۔" ہریش کی پُراطمینان اور طمانیت آمیز مسکراہٹ جیسے زخمی ہو کر کراہنے لگی۔!!

پنجرے کا پنچھی

دوسرے روز شام کے ٹھیک پانچ بجے نیاز اور کلدیپ وعدے کے مطابق وہاں پہنچ کے دستک دی تو اندر سے حشمت باہر آیا اور پھر کی چند سیڑھیاں طے کروا کر انہیں مکان کی دوسری منزل کے ایک چھوٹے سے منقش اور خوبصورت کمرے میں لے آیا جس کی ساری جگہ تین مخملی صوفوں اور دو مختصر سی چوبی کرسیوں نے گھیر رکھی تھی اور ان صوفوں اور کرسیوں کے عین وسط میں ایک خوبصورت گول میز لگائی ہوئی تھی۔

نیاز اور کلدیپ کرسیوں پر بیٹھ گئے اور حشمت ایک صوفے پر نیم دراز ہوتے ہوئے بولا۔

"نیاز صاحب اب تو آپ کی صحت پہلے سے کافی اچھی ہے۔"

"اچھی اور بری کا کیا سوال۔ یہاں صحت ہی کہاں ہے بھائی!" نیاز کی اس بات پر کلدیپ اور حشمت کھلکھلا کر ہنس پڑے اور نیاز نے ہنسی میں ان کا ساتھ دینے کی

بجائے اپنے سوکھے ہوئے ہونٹوں پر زبان پھیرتے ہوئے کہا۔

" میں تھوڑا سا پانی پیوں گا "

اور حشمت نے صوفے پر لیٹے لیٹے کھڑکی کی طرف مونہہ پھیر کر نیچے آواز دی۔

" ارے بھائی لطیف پانی کا جگ لانا " اور نچلی منزل سے " ابھی لایا " کی ایک موٹی سی آواز گونج کر فضا کے سکوت میں مدغم ہو گئی۔

اور پانی کا گلاس پی لینے کے بعد نیاز نے زحمت انتظار کا اظہار کرتے ہوئے پوچھا

" کیوں جی ! بیگم کہاں ہیں، ابھی تک اوپر نہیں آئیں۔ "

" بس آنے ہی والی ہوں گی۔ "

حشمت نے جیب سے گولڈ فلیک کی ڈبیا نکالتے ہوئے جواب دیا۔

" کہیں گئی ہیں کیا ؟ "

حشمت ڈبیا میں سے ایک ایک سگریٹ نیاز اور کلدیپ کو پیش کرتے ہوئے بولا۔

" ہاں چار بجے کے قریب کناٹ پلیس تک گئی تھیں۔ "

" کیوں ــــ ! " کلدیپ نے سگریٹ سلگاتے ہوئے خواہ مخواہ سوال کر دیا۔

اور پھر جیسے دوسرے لمحہ بعد ہی اسے یہ احساس ہو گیا کہ یہ انتہائی ذاتی قسم کا سوال پوچھنے کا اسے کیا حق ہے لیکن حشمت نے اسی بے نیازانہ لب و لہجہ میں جواب دیا۔

" شاپنگ کرنے گئی ہیں شاید "

اور پھر چند لمحوں کی خاموشی کے بعد گفتگو کا موضوع بدلتے ہوئے حشمت نے کہا۔

" نیاز صاحب آپ نے بمبئی تو دیکھی ہو گی ــــ "

" ہاں صاحب " نیاز نے بڑے روکھے پھیکے لہجہ میں جواب دیا " تین چار سال

تک ہم متواتر بمبئی ہی میں رہے۔"

حشمت نیاز کی بات ان سنی کرتے ہوئے بولا

"کیا شہر ہے صاحب! اپنی تو عمر ہی وہاں گذری۔ بڑے بڑے کارنامے کئے ہم نے وہاں سرکار۔" اس کے بعد اپنے ایک ایک کارنامے کی پوری تفصیل سناتے ہوئے حشمت نے بتایا کہ وہاں اس نے بڑے بڑے غنڈوں کو نیچا دکھایا۔ کئی بدمعاشوں کے دماغ درست کر دئے اور بمبئی بھر میں اس کی جواں مردی کی دھوم مچ گئی...

"اور نیاز صاحب! وہاں کسی کی کیا مجال تھی کہ بیگم کی طرف آنکھ اٹھا کر دیکھ سکتا ایک دفعہ کا ذکر ہے کہ ..."

اور اس سے پہلے کہ حشمت اپنی جواں مردی کی ایک اور داستان بیان کرے نیاز نے بڑی غیر دلچسپ نگاہوں سے اسے ٹوکتے ہوئے پوچھا۔

"تو بیگم اس زمانے میں بھی آپ کے ساتھ تھیں کیا؟"

"ہاں صاحب ان کا اور ہمارا ساتھ بہت پرانا ہے۔ دس سال ہوگئے ہم ان کے ساتھ ہیں ویسے ہماری اور بیگم کی بڑی قریب کی رشتہ داری بھی ہے۔ یوں سمجھئے کہ میری اہلیہ مرحومہ اور بیگم سگی بہنیں تھیں دونوں کی عادتیں بالکل ایک جیسی تھیں نیاز صاحب! جب بیگم کی بہن خدا انہیں جنت میں جگہ دے میرے ساتھ بیاہی گئیں اس وقت بیگم کی عمر غالباً پندرہ برس کی ہوگی..."

اور پیشتر ازیں کہ حشمت کو اپنی شیطان کی آنت کی طرح طول طویل اور لامتناہی بات کو پورا کرنے کا موقع ملے سیڑھیوں میں کسی کے قدموں کی چاپ سنائی دی اور حشمت خود ہی اپنی بات ادھوری چھوڑ کر بولا۔

بیٹھیے نا آئیں بیگم۔"

پیچھے سے کلثوم ایک دلکش خیال کی طرح کمرے میں داخل ہوتے ہوئے بولی

"ارے کلدیپ صاحب، ونیاز صاحب بھی ــــ خدا کی قسم دل باغ باغ ہو گیا آپ کو دیکھ کر۔۔"

کلثوم کا دل تو خدا جانے باغ باغ ہوا یا نہیں لیکن اس کی سترنم اور کھنکتی ہوئی آواز سے کلدیپ اور نیاز کی تھکی تھکی آنکھوں اور ان کے شاعرانہ ذہنوں میں جہاں ڈیڑھ گھنٹے کے مہ تر انتظار اور حشمت کی قصہ خوانی نے بیزاری اور اکتاہٹ پیدا کر دی تھی کلیاں سی نہ ور چٹک گئیں۔

"مجھے افسوس ہے کہ آپ لوگوں کو بہت دیر تک میرا انتظار کرنا پڑا۔ میں نے کل آپ کو پانچ بجے تشریف لانے کے لئے کہا تھا نا۔"

اور پھر اپنے سوال کے جواب کا انتظار کئے بغیر وہ حشمت کے ساتھ ہی صوفے پر بیٹھتے ہوئے بولی۔

"ہوا یوں کہ آج کینٹ پیلس میں مجھے پھر کیپٹن راجپال گئے ــــ وہی نا جو کل میرے ساتھ تھے تقریباً پون گھنٹے تک ہم پیلیس میں ادھر ادھر کی باتیں کرتے رہے کیسی بڑے ہی زندہ دل قسم کے انسان ہیں کیپٹن راجپال بھی۔" اور پھر میز پر دھرے ہوئے جگ میں سے پانی کا ایک گلاس پیتے ہوئے کلثوم بڑی معصومیت سے اپنے تراشیدہ سیاہ اور خوشبو میں لپٹے ہوئے بالوں سے آنچل ہٹاتے ہوئے کہنے لگی۔

"کلدیپ صاحب دیکھیے آج میں نے بال بھی بنوائے ہیں۔ وہ باربر بھی بڑے مزے کا آدمی تھا کہنے لگا بیگم آپ کے بال تو قدرتی طور پر ہی ترشے ہوئے ہیں انہیں اور

تو شیوا نے کہا تکلف آپ کاہے کو کرتی ہیں۔"

اور پھر اپنی نظریں حشمت کے بھینچے ہوئے جبڑے پر ڈالتے ہوئے بولی۔

" منو حشمت آج منگل کا دن تھا۔ اس ناطے اس مجھے بال بنوانے کے بعد علین چھ بجے ہوا۔"

اور منگل کا نام سنتے ہی نیاز کو لگا جیسے وہ ٹھٹھکا سا لگا۔ اس کی پیشانی کی لکیریں پھیل کر گڈمڈ ہو گئیں اور اس سے پہلے کہ وہ کچھ کہے حشمت نے گھبراتے ہوئے کہا۔

" تو پھر کیا ہوگا؟"

" ہونا کیا ہے "۔۔۔۔ کلثوم نے ہنستے ہوئے اپنے چرمی بیگ سے سولن کی بوتل نکالتے ہوئے اپنے مخصوص بھولپن لہجہ میں کہا۔

" زندہ رہیں ہمارے کیپٹن راجا بھی بہت ہی شریف آدمی ہیں کیپٹن صاحب۔ میں نے جب انہیں کہا کہ جیسے بھی ہو وہسکی کی ایک بوتل کا انتظام کر دیجئے۔ ہمارے کچھ خاص دوست باہر سے آئے ہوئے ہیں تو بے چارے نے اسی وقت ملٹری کی کینٹین میں آدمی بھیج کر یہ بوتل منگوا دی۔"

اور پھر کلثوم نے اپنی موٹی موٹی خواب ناک آنکھیں نیاز کی طرف گھما دیں جو چپ چاپ کرسی میں اس طرح دھنسا ہوا تھا جیسے کوئی پرندہ اپنے گھونسلا میں بیٹھا ہوا ہو۔

" نیاز صاحب! آپ بھی دل میں مجھے کوس رہے ہوں گے۔ خدا کی قسم میں واقعی بہت نادم ہوں۔"

اور کمرے کی ساری فضا جیسے پیچ و خم نیاز کے ساتھ گنگنانے لگ پڑی۔ کمرے کا سویا سویا ماحول یکایک چونک سا پڑا۔ دیواروں کے رنگین اور خاموش

نقوش میں بدلتے ہی دیکھتے دیکھتے جیسے ترو تازگی اور نئی زندگی کی گرم گرم ہتھیلی لہریں دوڑنے لگیں۔ اور آناً فاناً میز پر سوڈے کی بوتلیں، برف کے ٹکڑے اور بلوری گلاس سج گئے۔ حشمت نے سوہن کی بوتل کا کاک اڑاتے ہوئے ایک ایک پیگ چار گلاسوں میں ڈال دیا اور کلثوم ایک ہی دفعہ پورا پیگ پی کر صوفے پر لیٹ کر گولڈ فلیک کی ڈبیا سے سگریٹ نکالنے لگی۔

"تمہیں کتنی دفعہ سمجھایا ہے کہ ایک دم مت پیا کرو۔ جگر خراب ہو جائے گا۔" حشمت نے ناصح مشفق کا رول ادا کرتے ہوئے کہا

"تم میرے جگر کی فکر مت کرو۔ سگریٹ سلگاؤ۔ ماچس ہے تمہارے پاس؟"

اور پھر سگریٹ کے لمبے لمبے کش لگاتے ہوئے وہ اپنی رسیلی اور مترنم آواز میں کسی عشقیہ غزل کے شعر گانے لگی۔

اور نیاز بڑی سہمی سہمی آواز میں پوچھنے لگا

"آپ کے پڑوس میں کون لوگ رہتے ہیں"

"ایک پنجابی ہیں۔ ریلوے میں فورمین ہیں شاید۔" حشمت نے جواب دیا۔

"یہ لوگ آپ کی نقل و حرکت پر اعتراض تو نہیں کرتے۔" نیاز نے رکے رکے لہجہ میں اپنے اندیشہ کا اظہار کرتے ہوئے یہ سوال کیا۔

اور حشمت قہقہہ لگاتے ہوئے بولا "آپ بھی کمال کرتے ہیں نیاز صاحب! میرے ہوتے ہوئے کس کی مجال ہے کہ منہ کھول سکے۔ خدا کی قسم کوئی ایک حرف بھی منہ سے نکالے تو زبان گدی سے کھینچ لوں۔"

اور کلدیپ اور نیاز حشمت کی جراتِ مردانہ کی داد دینے کی بجائے بے

اختیار ہنسنے لگے اور کلثوم جیسے اس طنزیہ ہنسی کی گہرائی تک پہنچتی ہوئی بولی۔

"اور پھر یہ بے چارے پنجابی تو ہیں ہی اچھے آدمی   بڑے ہی نیک سب ہماری عزت کرتے ہیں۔ کبھی کوئی جھگڑے والی بات ہی پیدا نہیں ہوئی۔"

چاروں گلاسوں کو خالی دیکھ کر حشمت نے ایک ایک پیگ ڈال دیا اور کلثوم اپنے گلاس کو ہونٹوں سے لگاتے ہوئے اپنی گفتگو کی کڑی کو دوبارہ اپنے ہمدردیوں سے جوڑتے ہوئے کہنے لگی۔

"نیاز صاحب! ہماری پڑوسن سچ مچ بڑی سیدھی سادی عورت ہے سیدھی سادی شریف گرہستن۔ جس کی اپنی ایک چھوٹی سی دنیا ہے اور ایک خاوند ہے۔ جب وہ پنجابن مونہہ اندھیرے اٹھ کر منی کے باپ کے لئے کھانا پکانے میں مصروف ہوتی ہے۔"

کلثوم کے مونہہ سے الفاظ ٹوٹ ٹوٹ کر باہر آنے لگے اور بڑی گمبھیر آواز میں اس نے اپنی بات مکمل کرتے ہوئے کہا ـــ "تو نہ جانے اسے دیکھ کر مجھے الجھن سی کیوں ہونے لگتی ہے۔"

"الجھن ـــــ!" سکھدیپ نے حیرت بھری نگاہیں کلثوم پر ڈالتے ہوئے پوچھا۔

"جی ہاں۔" کلثوم پھر اسی اکھڑے اکھڑے لہجے میں بولنے لگی۔

"مجھے خیال آتا ہے جیسے میں کہیں کھو گئی ہوں ـــــ جیسے میرا رستہ کچھ اور تھا ـــ جیسے اگر میں بھی ـــ" اور اس سے آگے وہ کوشش کے باوجود کچھ نہ کہہ سکی۔ اور اس کی نشیلی آنکھیں جیسے کہیں کھو سی گئیں۔

اور حشمت کو ایک دفعہ پھر جیسے ناصحِ مشفق بننے کا موقع ہاتھ آ گیا۔

"چھوڑو کلثوم تم کیا سوچنے لگیں۔ کوئی کام کی بات کرو۔"

لیکن کلثوم کوئی کام کی بات کرنے کی بجائے بدستور کھوئے کھوئے انداز میں بولتی گئی۔

"نیاز صاحب! مجھے کسی سے ـــــ"

اور نیاز کی چھوٹی چھوٹی آنکھوں میں ایک دم کوئی چیز چمک اٹھی اور وہ ہمدردی اور حیرت کے ملے جلے جذبات سے کہنے لگا۔

"ہاں ہاں تمہیں کسی سے کیا ہو گیا ہے کلثوم ـــــ"

"عشق ـــــ" کلثوم نے خود ہی اپنی بات مکمل کر دی اور اس کے گورے گورے بدن میں جیسے ایک گلابی سی لہر دوڑ گئی لمبی لمبی گھنی پلکیں ایکا ایکی جھک گئیں۔ "میرا خیال ہے مجھے شادی کر لینی چاہیئے" کلثوم نے یہ جملہ کچھ اس طرح ادا کیا جیسے وہ خود حیران ہو کہ وہ کیا کہہ رہی ہے۔

"شادی" حشمت کلثوم کی حیرت کا مونہہ چڑاتے ہوئے بڑی خوفناک ہنسی ہنستے ہوئے صرف ایک ہی لفظ بول کر چپ ہو گیا۔

اور کلدیپ دوسرا پیگ ختم کرتے ہوئے اپنی مخصوص لاابالی مسکراہٹ کے ساتھ کلثوم کے لب و لہجہ ہی میں دہرانے لگا۔

"عشق ـــــ" اور پھر ناگہانی طور پر اس لاابالی مسکراہٹ کا چھوڑا زہر خند کی صورت میں کچھ یوں نکلا "بکواس ہے۔ عشق وشق کچھ نہیں۔ عشق محض دماغی عارضہ ہے اور کوئی صحت مند انسان اس زمانے میں کسی سے عشق نہیں کرتا۔" طنز اور دکھ سے بھرے ہوئے لہجے میں کلدیپ چیخ چیخ کر کہنے

لگا: "میں کہتا ہوں کہ تم صاف صاف کیوں نہیں کہتیں کہ تمہیں ایک مرد کی ضرورت ہے۔ ایک مضبوط۔ نوجوان اور سڈول جسم کے مرد کی جس سے تم زیادہ سے زیادہ جسمانی لذت حاصل کر سکو۔" کلدیپ جیسے اپنے دل کے پھپھولے پھوڑنے لگا اور کلثوم سنجیدگی کے سمندر میں ڈوبتی چلی گئی۔

"ویل ڈن ویل ڈن۔ کلدیپ دی گریٹ۔ شراب کے دو پیگ پی کر ہی تم اچھے خاصے مقرر بن جاتے ہو مائی ڈیئر کلدیپ" نیاز نے بڑی خوبصورتی اور چابک دستی سے اپنے ذہنی ترکش سے طنز کا ایک تیر چھوڑتے ہوئے کلدیپ کو مصلحتاً خاموش کرا دیا۔

اور کلثوم سنجیدگی کے گہرے سمندر سے اپنے مسکراتے ہوئے ہونٹوں اور موٹی موٹی خواب ناک آنکھوں کے ساتھ ایک دفعہ پھر ابھرتے ہوئے بولی

"تمہارا خیال ہے کلدیپ ہاں خود اس بات کو نہیں سمجھتی لیکن ایک عورت کو پُرسکون زندگی بسر کرنے کے لئے سڈول جسم ہی کی نہیں کچھ اور چیزوں کی بھی ضرورت ہوتی ہے۔"

"خدا کے لئے اپنا یہ فلسفہ ختم کرو کلثوم۔" حشمت نے اپنے ناصحانہ انداز میں کسی قدر اپنے خشم آلود تحکم کو شامل کرتے ہوئے کہا "لو یہ سب کا آخری پیگ ہے ـــــ" اور یہ کہہ کر اس نے بوتل اٹھائی اور باقی شراب چار گلاسوں میں تقسیم کر دی اور سب سے پہلے حشمت نے خود ہی اپنا پورا پیگ ایک دم حلق میں انڈیل کر غیر معمولی طور پر سنجیدگی اور خاموشی اختیار کر لی۔

اور کلثوم کے ہونٹ اس دفعہ گلاس کو چھوتے ہی جیسے گلاب کی

پتیوں کی طرح پھڑپھڑانے لگے۔ انگ انگ پارے کی طرح تھرکنے لگا اور تراشیدہ بال کسی پہاڑی ندی کی بلورے بہتی ہوئی لہروں کی طرح اس کے شانوں پر لہرانے اور مچلنے لگے۔ اور حشمت کی طرح غٹاغٹ پورا پیگ پی لینے کے بعد اس نے کلدیپ کی طرف دیکھ کر کہا

"کلدیپ سنو ــــ تمہیں یاد ہے تم پہلی مرتبہ کہاں ملے تھے!"

"بالکل یہیں اسی کمرے میں ــــ میرا ایک شاعر دوست مجھے اپنے ساتھ لے کے یہاں آیا تھا!" اور کلدیپ کی آنکھیں اپنے گلاس سے ہٹ کر کسی گہری سوچ میں ڈوب گئیں۔

"مجھے تو اچھی طرح یاد نہیں کلدیپ! کہ تم مجھے پہلی بار کہاں ملے تھے لیکن وہ مشاعرے والا قصہ شاید زندگی بھر نہ بھلا سکوں ــــ"

"مشاعرہ" نیاز کی سوچ کے خاموش تاروں کو جیسے مشاعرہ کے لفظ نے جھنجھنا دیا اور کلدیپ پھٹی پھٹی سوالیہ آنکھوں سے کلثوم کو گھورنے لگا۔

مگر کلثوم اپنے بہکے بہکے انداز میں بولتی جا رہی تھی

"سالا وہ بوڑھا کھوسٹ شاعر کہنے لگا کہ کلثوم بیٹھے گی تو میں اس کار میں سوار نہیں ہو سکوں گا۔ جیسے کلثوم عورت نہ ہو چھوت چھات کی کوئی بیماری ہو ــــ" اور یہ کہتے کہتے کلثوم کی روح جیسے دانت پیسنے لگی۔

"مگر تم نے یہ کہہ کر کلدیپ! اس بوڑھے کے استخوانی جبڑے پر گویا زور کا طمانچہ دے مارا تھا کہ اگر کلثوم کار میں نہیں بیٹھے گی تو میں بھی اس میں سفر نہیں کر سکوں گا! یہ کلثوم کی نہیں ہم سب شاعروں کی توہین ہے ــــ اور مجھے سچ مچ اس دن پہلی مرتبہ تمہاری ویران اور مغموم آنکھوں میں آدمیت کی روشنی نظر آئی تھی۔ میرا جی

چاہتا تھا کہ بڑھ کر تمہارے بھولے بھالے زرد چہرے کو چوم لوں۔" کلثوم کا لہجہ خطرناک حد تک جذباتی اور کرب انگیز ہوتا جا رہا تھا ـــــ "اور پھر تمہیں یاد ہے کلدیپ کار کے بجائے ہم ریل گاڑی سے دہلی آئے تھے ساری رات میرٹھ کے سٹیشن پر ہمیں گاڑی کا انتظار کرنا پڑا تھا۔ لیکن اس انتظار میں تکلیف نہ تھی۔ سکون اور اطمینان تھا۔"

نیاز بڑی دلچسپی اور توجہ سے کلثوم کی باتیں سن رہا تھا۔ حشمت کی سنجیدگی اور خاموشی میں غنودگی بھی شامل ہو رہی تھی اور کلدیپ اپنے گلاس کی باقی ماندہ شراب کو گھور گھور کر اپنی ویران اور مغموم آنکھوں کی دنیا آباد کرنے کی کوشش کر رہا تھا

"نیاز تم اور کلدیپ واقعی اچھے آدمی ہو ـــــ" کلثوم نے اپنے موضوعِ گفتگو میں اب نیاز کو بھی شامل کر لیا تھا "میں لاکھ آوارہ، لاکھ ذلیل اور لاکھ بری سہی لیکن تم لوگوں کے ساتھ جو لمحے گذرتے ہیں وہ ہمیشہ مجھے یہی احساس دلاتے ہیں کہ میرے اندر ایک ایسی عورت اب تک سانس لے رہی ہے۔ جس کی پاکیزگی اور جس کا خلوص آج بھی زندہ ہے۔"

کلثوم کی آواز بھرا سی گئی اور نیاز نے اپنے ترکش سے ایک اور تیر چھوڑا۔

"خدا اس کی عمر دراز کرے ـــــ"

اور اس طنز نے جیسے کلثوم کی آنکھوں پر مختلف حادثوں کی چوٹوں کو ابھار دیا

"تم لوگ اندازہ بھی نہیں کر سکتے کہ میرے دل میں تمہارا کتنا احترام ہے۔ تم نہیں جانتے جب کبھی تم لوگ مجھے کہیں نظر آ جاتے ہو میں ایک بھکارن کی طرح تم سے خیرات مانگتی ہوں ـــــ میں سچ مچ بھکارن ہی تو ہوں جو اپنی جھولی پھیلائے ہوئے

ہر آنے جانے والے سے شفقت، اور خلوص کی بھیک طلب کرتی ہے ۔۔۔" اور یہ کہہ کر کلثوم بچوں کی طرح پھوٹ پھوٹ کر رونے لگی۔

اور حشمت ایک نیم کروٹ بدل کر غنودگی اور خاموشی کے پیچاک سے گھبرا کر باہر نکلتے ہوئے چیخ اٹھا۔

"میں اسی لیے تمہیں زیادہ پینے سے منع کرتا ہوں۔ پینے کے بعد تم بالکل بے قابو ہو جاتی ہو۔ بلا وجہ رونے لگ جاتی ہو۔ اور آئیں۔ بائیں شائیں جو منہ میں آتا ہے بولنے لگتی ہو ۔۔۔۔"

"بکواس بند کرو حرام زادے ۔"

"حرام زادے ۔۔۔ حرام ۔۔۔ زادے ۔ ۔" یہ لفظ کمرے کی مدہوش اور رنگین فضا میں متعفن بارود کے ایک گولے کی طرح پھٹا۔ کلثوم تو ایک ہی سانس میں اتنا کہہ کر چپ ہو گئی لیکن اس کے باوجود اس خاموشی کے سینے میں اس گولے کی دھمک دیر تک گونجتی رہی اور پھر کلدیپ نے اس خاموش گونج کا سلسلہ توڑتے ہوئے بڑے انکسار سے کہا۔

"معاف کیجئے حشمت صاحب! مجھے افسوس ہے کہ محض میری اور نیاز کی وجہ سے یہ سب بدمزگی پیدا ہوئی ۔"

"نہیں صاحب اس میں آپ کا کیا قصور ہے۔" یہ کہتے ہوئے بھی حشمت کی آواز میں غصے کی زہریلی لہریں تیر رہی تھیں۔

"ہاں کلدیپ تمہارا تو کوئی قصور نہیں ۔" کلثوم نے بھی جیسے حشمت کی تائید کی اور اس کے دوسرے لمحہ بعد ہی اسے نہ جانے کیا یاد آ گیا "قصور تو سب میرا ہے

جو آج تک دنیا کے ہر انسان کو بالکل اپنا ہی سمجھتی رہی لیکن ہر انسان آگے چل کر اس کے حق میں کسی نہ کسی شکل میں حرامی ثابت ہوتا رہا۔"

اور حشمت نے نفرت کا جواب نفرت سے دیتے ہوئے پیتے پیتے ہی بڑبڑانا شروع کر دیا۔

"تم جو چاہو میرے بارے میں رائے قائم کر سکتی ہو۔ مگر جو جو کام میں نے تمہارے لیے کیے ہیں جان جوکھوں میں ڈال کر جو جو مصیبتیں مجھے تمہاری وجہ سے برداشت کرنا پڑی ہیں اور محض تمہاری ذات نے مجھے دنیا میں کس قدر ذلیل اور رسوا کیا ہے وہ میں ہی سمجھ سکتا ہوں۔ اگر تم انہیں سمجھ سکتیں تو ایسی باتیں کہہ کر اپنے احسان فراموش ہونے کا ثبوت نہ دیتیں ــــ"

"احسان فراموش" کلثوم صوفے سے اٹھ کھڑی ہو گئی "ٹھیک ہے میں احسان فراموش ہوں ــــ" یہ کہہ کر اس نے غصے کی شدت میں میز پر دھرے ہوئے چاروں گلاس ایک ایک کر کے توڑ ڈالے۔ حشمت کلدیپ اور نیاز سحر زدہ ہو کر اسے دیکھتے رہے مگر کسی کو روکنے کی جرأت نہ ہو سکی۔

"میں احسان فراموش ہوں اور تم کون ہو ــــ بے ایمان، ذلیل کتے" کلثوم کسی ناگن کی طرح اپنی باتوں میں اپنا بس گھولتی ہوئی بولتی چلی گئی "اگر میں احسان فراموش ہوتی تو تم آج یہاں مزے سے سوہن کی شراب کے گھونٹ اپنے حلق میں اتارنے کے بجائے کوکین بیچنے کے جرم میں کسی جیل کی تنگ و تاریک کوٹھڑی میں سڑ رہے ہوتے تمہارے جسم پر یہ ریشمی چمکیلا سوٹ نہ ہوتا۔ تمہارے پاؤں میں کریپ سول کے جوتے نہ ہوتے تمہاری کلائی پر یہ جاپانی رسٹ واچ نہ ہوتی۔ تمہارے

بال ایوننگ اِن پیرس کی باس میں ڈوبے نہ ہوتے ۔ اپنے وہ دن یاد کرو جب کانپور میں تمہیں دن دن بھر روٹی کے ٹکڑے کے لئے ترسنا پڑتا تھا۔ پورے شہر میں تمہیں کوئی چند پیسے تک قرض دینے کے لئے تیار نہیں تھا ۔۔"

حشمت کی جواں مردی کا طلسم بری طرح ٹوٹ رہا تھا۔ کلدیپ اور نیاز کی نگاہیں سوالیہ نشان بنی ہوئی حشمت کے چہرے پر منڈلا رہی تھیں اور کلثوم ابھی تک بول رہی تھی۔

"کمینے ! میں نے اپنی جوانی اور دوشیزگی کا رس بیچ بیچ کر تمہاری زندگی کے حسن کو سینچا ہے۔ یہ گھر یہ صوفے، یہ کرسیاں یہ ساری لذتیں سب میری وجہ سے ہیں۔ اُلو کے پٹھے ! یہ سب میری جوانی کے خواب ہیں۔ ایک سادہ لوح اور ناکام عورت کی جوانی کے خواب جنہیں کئی کالی اور بدکار راتوں نے تمہارے سوٹوں، تمہارے جوتوں اور تمہاری رسٹ واچوں میں منتقل کر دیا ہے ۔۔"

کلثوم بولتے بولتے ایک دم لڑکھڑا کر صوفے پر گر پڑی اور حشمت دل ہی دل میں پیچ و تاب کھاتا ہوا ایک لفظ تک کہے بغیر چپکے سے نیچے اتر گیا۔ چند لمحوں تک کمرے پر ایک بوجھل خاموشی اپنے پنکھ پھیلائے رہی اور پھر کلثوم صوفے پر لیٹے ہوئے بولی۔

"کیا تم لوگ بھی مجھے بُرا سمجھتے ہو۔"

اور کلدیپ اور نیاز اس کے جواب میں ایک دوسرے کی طرف دیکھنے لگے

"بولتے کیوں نہیں۔ کیا تم بھی حشمت کی طرح دل ہی دل میں مجھے ذلیل تو نہیں سمجھتے۔" اور پھر کچھ سوچ کر وہ خود ہی کہنے لگی "لیکن تم ایسا سمجھنے میں حق بجانب ہو۔"

اور نیاز نے درد و حسرت میں ڈوبی ہوئی آواز میں کہا

کلثوم! تم ٹھیک کہتی تھیں تمہارے اندر کی عورت واقعی ابھی تک زندہ ہے"

بلکہ آج تو وہ عورت تم سے بھی باغی ہو گئی ہے کلدیپ نے نیاز کے تجزیہ کو آگے بڑھاتے ہوئے کہا۔

اور کلثوم کچھ بولنے کی بجائے سسکیاں بھرنے لگی اور اس کی سسکیاں فضا میں کچھ اس طرح گھل مل گئیں کہ کمرے کی ہر چیز روتی ہوئی معلوم ہونے لگی۔ اور مرمریں دیواروں پر رنگ برنگے نقش و نگار انسانی خون کے دھبوں کی طرح دکھائی دینے لگے۔

اور پھر ملازم اپنی خواب آلود آنکھیں ملتا ہوا کھانا لے کر جب کمرے میں آیا اس وقت تک کلثوم صوفے پر لیٹے لیٹے اور سسکیاں بھرتے بھرتے اور شب خوابی کا لباس تبدیل کیے بغیر سو چکی تھی۔

" میں کھانا نہیں کھاؤں گا۔" نیاز نے ملازم کی طرف ایک اچٹتی سی نگاہ ڈال کر اپنا فیصلہ سنا دیا۔

" کھانا لے جاؤ مجھے بھی بھوک نہیں" کلدیپ نے دیواروں کے خونی دھبوں پہ اپنی نگاہوں کے پنجے گاڑتے ہوئے اس طرح کہا جیسے کہہ رہا ہو کہ ان دھبوں سے کلثوم کے خون کی بو آتی ہے۔ میں ان کے لقموں کو کیوں کر چبا سکتا ہوں؟

اور ملازم جب کھانا لے کر نیچے چلا گیا تو نیاز نے خالی صوفے پر لیٹتے ہوئے کہا "کلدیپ بجلی بجھا کر تم بھی ساتھ والے صوفے پر آ کر لیٹ جاؤ۔ کافی رات ہو چکی ہے"

اور کلدیپ نے جب اپنی کلائی کی گھڑی پر نگاہ ڈالی تو پورے دو بج چکے تھے۔

اور پھر کمرے کی ساری فضا۔ کلثوم۔ اور کلدیپ کے چہرے ایک سنسان تاریکی

میں ڈوب گئے۔

اور کلدیپ دیر تک صوفے پر لیٹا لیٹا گزشتہ نو گھنٹوں کے واقعات کا جائزہ لیتا رہا۔ اس کی آنکھوں کے سامنے اندھیرے میں ناچتا ہوا بار بار کلثوم کا چہرہ ہیولے کی طرح ابھرنے، پھیلنے اور مٹنے لگا۔ کئی طرح کے ٹیڑھے میڑھے سوال اس کے ذہن میں کلبلانے لگے۔ وہ جب کوئی واضح نتیجہ اخذ کرنے کی کوشش کرتا خیالات اس کے دماغ سے پھسل پھسل جاتے —— اور اسی ادھیڑبن میں نڈھال ہو کر وہ بھی نیاز کی طرح نیند کے جھولے میں جا گرا۔

اور صبح جب نیاز نے اس کا شانہ ہلاتے ہوئے اُسے بیدار کیا تو وہ کچھ ایسی اجنبی نگاہوں سے لیٹے لیٹے کمرے کی چیزوں اور دیواروں کو گھورنے لگا۔ جیسے انہیں پہچاننے کی کوشش کر رہا ہو اور گھورتے گھورتے اس کی نظر اس صوفے پر بھی پڑی جہاں رات کو کلثوم سوئی تھی اور صوفے کو خالی دیکھ کر وہ ایک دم گھبرا کر بولا۔

" کلثوم کہاں گئیں نیاز —— "

" میں بھی ابھی ابھی جاگا ہوں اور میرے جاگنے سے پہلے ہی وہ جا چکی تھیں"

نیاز نے جواب دیا۔

اور پھر وہ دونوں رات کی باتوں پر تبصرہ کرنے لگے۔

کلدیپ کہنے لگا۔

" واقعی عظیم عورت ہے۔ ایسے ماحول میں بھی اپنے خلوص اور اپنی انسانیت کو زندہ رکھنا اسی کا کام ہے۔"

اور رات تو اس نے حد کر دی۔ جب وہ حشمت سے باتیں کر رہی تھی تو مجھے

ایسا معلوم ہوتا تھا۔ جیسے کوئی دکھی اور زخمی ضمیر کراہ رہا ہے۔ کتنا درد اور کتنی صداقت تھی اس کے لہجے کی کڑواہٹ میں" نیاز جیسے بولتے بولتے کھوسا گیا اور اس کی چھوٹی چھوٹی آنکھیں دور خلاء میں لٹک سی گئیں۔

اچانک گھٹی گھٹی سسکیوں کی مدھم آواز نے ان دونوں کو پھر سے چونکا دیا۔

"ان سسکیوں کی آواز تو بڑی مانوس معلوم ہوتی ہے۔۔"

"کیا کلثوم ابھی تک رو رہی ہے۔"

"شاید" کلدیپ نے جواب دیا۔

اور پھر شاید کو یقین میں ڈھالنے کے لئے کلدیپ نے اُٹھ کر آہستہ سے کھڑکی کھول کر نیچے کی طرف جھانکا تو وہاں صحن میں ایک چارپائی پر حشمت لیٹا ہوا تھا اور کلثوم اس کے سرہانے بیٹھی نمناک آنکھوں سے اسے دیکھتی ہوئی کہہ رہی تھی۔

"حشمت مجھے معاف کر دو۔ شراب پی کر واقعی میں اپنے آپ میں نہیں رہتی۔ تمہاری قسم مجھے کچھ یاد نہیں کہ رات میں نے نشے میں تمہیں کیا کچھ کہہ دیا تھا"

اور کلدیپ نے مڑ کر نیاز کی طرف دیکھا تو وہ بھی بڑے غور سے کلثوم کی آواز پر کان لگائے بیٹھا تھا۔ اور پھر دونوں ایک دوسرے کی طرف معنی خیز نظروں سے دیکھنے لگے۔ ایک پیارا در مرجھائی ہوئی سی مسکراہٹ ان کے چہروں پر پھیل گئی۔ اور کلدیپ آہستہ سے نیاز سے پوچھنے لگا۔

"کیوں کیا خیال ہے نیاز اب بھی تم اس عورت کو عظیم کہو گے۔"

"کیوں نہیں ——— تم دیکھ نہیں رہے وہ مرنا نہیں چاہتی اس فضا میں بھی اپنے آپ کو زندہ رکھنا چاہتی ہے۔ کیا اس کی یہ خواہش اور یہ سمجھوتہ

اس کی عظمت کی دلیل نہیں ۔"

نیاز کی بے جان اور پژمردہ مسکراہٹ کسی سنگین تجربے کی طرح تلخ ہو رہی تھی اور نچلی منزل سے کلثوم کی دبی دبی آواز ابھی تک سنائی دے رہی تھی ۔

" معاف کر دو ——————— مجھے معاف کر دو میرے اچھے حشمت ! "

منتخب افسانوں کا ایک اور مجموعہ

ڈارلنگ

مصنف : نریش کمار شاد

بین الاقوامی ایڈیشن جلد منظر عام پر آرہا ہے